鬼道少女
2
純情怪醫的條件
逢時—著
Yin Yin—繪

楔子

鳥人説過，如果葉千秋死了，就把她的魂魄從冥河撈起來給他。

可是冥河那樣的冷，葉千秋會不會害怕？

漫天雨絲在黑夜中降臨，像銀線一樣落在整個城市裡。

雨水不斷地灑落，也落在兩具躺在暗巷裡，不知是死是活的身體上，慢慢沖刷，沾染血液而變成暗紅色的水流，湧入了城市裡持續運作著的排水系統。

夜越來越深，雨水越來越冰冷，不知道過了多久，躺在地上的其中一人終於輕輕動了一下。

少年抬起頭來，身上的傷疼得他狠狠倒吸一口氣，他的上衣早就不見蹤影，下身的牛仔褲也只剩膝蓋以上的部分還存在，鞋子掉了一隻，頭髮亂得像風雨中飄搖的鳥巢，說有多狼狽就有多狼狽。

他推了推身旁的少女，「葉千秋，醒醒。」

少女毫無反應，宛若死去一般。

少年苦笑，抬頭張開了嘴，冰冷的雨絲不斷落下，滑入他的咽喉，帶來燒灼般的疼痛。他體內的靈氣被掏得一乾二淨，像是一片荒蕪的沙漠。

如今他連一絲靈氣都無法催動，更別說御風而行了，要不是天狐一出生即是人形，他現在恐怕得趴著走路。

他雖然被關了千年，但依舊是尊貴的天狐，居然會落得如此下場。

少年想站起來，卻反覆跌回路面，手掌蹭掉了一大塊的皮，肩膀上的大窟窿中明顯可見森森白骨。他狠狠咬住下唇，咬出了一嘴的血，單手撐地，好不容易才爬了起來。

「喂，沒死在那傢伙手裡，難道妳要死在這？」他又推推地上的少女。

看著仍然毫無反應的葉千秋，他實在沒辦法，發狠一咬牙，把葉千秋拽到自己的肩膀上，像是在扛沙袋一樣。

他拽得狠了，葉千秋的腦袋猛地往他肚子上一砸，讓他又吐了滿口的血。

「娘的咧……」

少年低低罵了一聲，再也沒有多餘的力氣廢話了。他死死盯著地面，用意志力強迫自己挪動腳步，他必須離開這裡，說什麼都不能像溝鼠一樣死在大街上。

他步伐沉重，雨下得極大，蓋住了他嘶嘶的痛苦吸氣聲，卻蓋不住周圍妖魔鬼怪的議論紛紛。這兩個傢伙身上沾染了鬼主的氣息，卻又弱小至此，看起來似乎可以一口吃掉半個，兩口吞掉一隻。

少年聽見了，於是輕輕甩了甩頭，滿滿的絨毛轉瞬間蓋住他那張清秀的臉龐，他似笑非笑地掃了周圍一眼。

竊竊私語聲暫時消停些了，少年頂著狐狸頭，繼續他的扛沙袋大業。

肩上的葉千秋一直沒醒，他心裡其實很沒把握，完全不知道只差一點就成爲疫鬼的她，到底能不能挺過這一關。

人類是多麼脆弱的生物，一根手指頭就能碾死，更別說他們被冥界鬼主當成麵團一樣左拋右甩，饒是他都昏了大半夜，連一丁點的靈力都沒有留下來。

鳥人說過，如果葉千秋死了，就把她的魂魄從冥河撈起來給他。

可是冥河那樣的冷，葉千秋會不會害怕？

如果鳥人找不著她，她是不是就會永遠在裡頭載浮載沉？

想到這裡，少年的手又收緊了一點，他死死拽著葉千秋，說什麼都要把她從死亡邊緣拖回來。

「葉千秋啊……妳說過妳的命要給我，可是我現在還不想收，妳先自己保管好不好？」少年低低的聲音迴盪在雨中。「妳……別死好不好？」

葉千秋當然無法回應他，但少年自顧自地說下去，「妳沒回答，我就當妳答應了。」

少年滿意地點點頭，繼續往前走。他走得很慢，手卻抓得很緊，也不在乎少女硌得他肩膀火辣辣的疼，疼得他幾乎要走不動了。他只想著一件事情。

說什麼都不能放手。

第一章

「今天是幾號？」

「幹麼？」

「我得把我們家小千秋第一次跟我撒嬌的日子記下來！」

「滾！」

又是雨夜，這是一個多雨的城市。

溼氣重得讓屋子裡的棉被都帶著水氣，人的身上也帶著淡淡的霉味。凌晨四點，葉千秋撐著傘，站在一家熱氣氤氳的包子店對面，隔著街道看著裡頭的蘇輕。

蘇輕穿著白色的棉質上衣、藍色的牛仔長褲，衣服跟褲子上頭都沾滿了麵粉。他抬手擦去額上的汗，又因此沾上了不少麵粉，糊了一臉。

堂堂的天狐哪……

葉千秋愣愣望著蘇輕，思緒飄得好遠好遠。

飄回了他們渾身是血，在磚瓦礫石堆裡對望的時候。

那一天，冥界鬼主來到他們面前，葉千秋第一次知道曾經說著不服命運的自己到底有多麼可笑。雙方的差距如此巨大，她根本比不上冥界鬼主的一根手指頭。

對方要殺她，輕而易舉。

葉千秋每每想到這裡，就會打從心底恐懼起來，眞正凝視過死亡的冰冷之後，她只覺得自己已經失去所有活下去的勇氣。

活著，又能怎麼樣？

她注定總有一天要成爲疫鬼，沒得商量的。

既然如此，拖累蘇輕又有什麼意義呢？

她曾經以爲，她願意跟蘇輕一起死，再危險也要冒險賭那千分之一的可能，賭他們兩個做夢都想要的自由。但現在她看清了現實，知道這一切只是痴人說夢，覺得蘇輕完全沒必要陪著自己送命。

葉千秋按著自己的胸腹，她身上的鬼氣跟蘇輕身上的靈力全都被下了重重禁制。蘇輕還好一點，他誕生於天地，勉強還能調動天地間稀薄的靈氣，頂多沾得像是個普通人。

她可就沒有這麼好過了。

她長年與鬼氣相伴，五臟六腑早被燒灼成空，現在她連一絲鬼氣都無法調用，體內的臟腑也只剩下心臟還在竭力運轉。要不是她生爲鬼子，又距離轉爲疫鬼只有一步，恐怕現在早已一命嗚呼。

連現在站在雨中，她都覺得肺部一陣陣火辣辣的疼。

對不起了，原本想把我的命給你，卻差點讓你一起賠進來。

葉千秋看著蘇輕在包子店裡忙碌的身影，心中有種尖銳的刺痛。他不該在這裡的，就算蘇輕跟她一樣，都是身不由己，但他也不該在這！

即使蘇輕注定沒有自由，他們的命也不能放在一塊兒秤。

孰輕孰重，一眼明瞭。

她心中忽然有了個念頭。

走吧？

走吧，離開蘇輕。

她以前一直是一個人，現在連紅鬱姨都死了，更加證明這是注定的，沒有選擇餘地。

葉千秋下定決心，轉身抬起腳，放下手裡的傘。

今天深夜忽然下起大雨，蘇輕出門的時候沒帶傘，所以她才過來。

但她才剛放下傘，蘇輕的笑臉就出現在面前。

「怎麼來了？」

蘇輕笑得那樣喜氣洋洋，彷彿發生了天大的好事。

「……你沒帶傘。」葉千秋憋了好半天才吐出這一句。

「沒帶傘就沒帶傘，妳出門做什麼？妳的身體難道還能讓妳這樣折騰著玩？夜裡冷哪！」蘇輕嘴上叨念著，臉上卻還是那樣歡喜的笑，他塞了一個熱呼呼的紙包過來，摀在葉千秋的心口上。

燙得令她想縮手。

「先吃個包子，再等等，一會兒就下班了。」蘇輕殷殷叮嚀。

蘇輕專門上開店前的特晚班，從晚間十點忙到清晨四點，做完整個早上要賣的包子、饅頭、花捲、蔥餅，還有一大堆葉千秋始終認不全的點心後，才能夠下班。

「我……」葉千秋還沒來得及把話說完，蘇輕又跑回去了，那引人注目的白髮末梢點綴著雨水。

他回到蒸籠前面，掀開木蓋，沖天的熱氣直往上冒。蘇輕的臉在蒸氣中模糊了一瞬，那樣好看的臉在煙霧中看起來竟有些不眞實。

葉千秋捧著包子，也不知怎麼的，心中離開的念頭淡了一些。她定定地站了十幾分鐘，蘇輕才再度跑出來，抱歉地對她笑。

「今天早上有人訂了一箱饅頭，所以忙了一點。」

葉千秋輕輕點頭，示意自己知道了。

其實蘇輕根本不用跟她解釋，畢竟蘇輕不欠她什麼，倒是還在她身邊這點，就已經讓她欠得太多了。

她把手上的傘交給蘇輕，一路上沉默著，什麼話都沒說，蘇輕也只是走在她身邊，兩個人共撐一把傘，慢慢地走回家。

葉千秋走得很慢，因爲氣血兩虧的緣故，她行動有些不便。

他們現在租的房子離包子店很近，這也是蘇輕選擇在包子店打工的原因。

因爲沒有證件，他的工作選擇不是那麼多，但熬過一開始最困難的那段日子後，現在蘇輕覺得一切都很順利。他打工賺錢，養著葉千秋，雖然生活並不寬裕，不過至少能在下雨的時候，坐在窗台上聽一整夜的雨聲。

幽冥地底裡可沒有任何聲音，寂靜到他曾經想把自己的心挖出來。

只因爲心跳聲太吵了。

到家之後，蘇輕開始做飯，說是做飯，也只是把從包子店帶回來的食物擺上碗盤而已。他揀了幾個煎餃跟包子上盤，並將熱呼呼的豆漿推到葉千秋面前。

「吃吧！」

屋外雨聲未歇，葉千秋沉默地啜著熱豆漿，看著蘇輕忙前忙後的模樣，心裡那一點刺痛又放大起來。

蘇輕曾經是那樣的張揚、那樣的風華萬千，她還記得，在那幅山水畫裡，蘇輕笑得那麼絕色，她也就是在那個時候不自覺地陷落。

她張了張口，「蘇輕，你的鳥人在哪裡？」

蘇輕聳聳肩，大口咬下饅頭，「天上唄。」

「你能回去找他嗎？」

「能回去我還會在這？妳以爲我眞的這麼熱愛做包子啊？」

蘇輕淡淡笑著，半眞半假地抱怨，臉上卻沒有一絲一毫的不甘願。他伸出手，想揉揉葉千秋的頭頂，卻愕然見到葉千秋微微閃開，認眞地看著他。

「你回去吧，在我身邊早晚會送命。」

「天狐的壽命也不是無窮無盡。」蘇輕收回手，看著葉千秋。

「……我不想看到你。」葉千秋撇過頭，忍不住鬧起了彆扭。她在心裡狠狠地唾棄自己，又忍不住用眼角餘光瞥著蘇輕。

他這次會走嗎？

她趕過蘇輕好幾次，從初次見面起，她就希望蘇輕離她越遠越好。

一開始是痛恨這個宣稱要來殺她的傢伙。

再來是不想死在他面前。

現在是不希望他陪著自己死。

理由越來越複雜了。

葉千秋心裡糾結，餘光卻見到蘇輕的笑容越擴越大，大得令人無法忽視。她忍不住轉頭，看著笑得傻兮兮的蘇輕。

「你今天上班的時候撞到頭了？」

蘇輕搖搖頭，還是笑得一臉傻氣，「今天是幾號？」

「幹麼？」

「我得把我們家小千秋第一次跟我撒嬌的日子記下來！」

「……滾！」

葉千秋果斷摔了家裡唯二的盤子。

這傢伙死就死唄！最好死得透透！再也不能耍嘴皮子！

蘇輕來到屋外，看著裡頭熟睡的葉千秋，關上了鐵門。

他長長吁出一口氣，過分上彎的嘴角慢慢恢復成一直線。他抿著嘴唇，雙手插在口袋裡，信步往外走。

他怎麼會不知道葉千秋心裡在想什麼？

自從跟冥界鬼主的影身一戰之後，葉千秋好像瞬間失去了所有活下去的欲望，她覺得自己終究要死，又何必苦苦掙扎。

蘇輕不知道葉千秋是被恐懼壓倒了，還是因爲紅鸞的死去而厭世，他只知道葉千秋根本不想活了。

她的身體的確衰敗得慘不忍睹，但最主要的是，她根本沒有求生的意志。她雖然活著，卻活得生無可戀。

蘇輕嘆口氣，皺緊眉頭。

葉千秋不希望拖累他，卻不知道如果有她陪著，他就算死也沒什麼好害怕的。

蘇輕自認很怕死，才會被關在幽冥地底千年而從未反抗，甚至甘願當鳥人的看門狗，銜命來殺葉千秋。

可是當他眞的距離死亡只有一步的時候，竟忽然覺得無比輕鬆。他生於天地，也該死於天地，或許塵歸塵、土歸土之後，他下一次轉世就可以長出九條潔白的尾巴。

那樣該有多好？沒有瑕疵、沒有喪失靈智的可能，他可以優游自在，盡情在世間打滾。

人家是出身決定命運，他是顏色決定未來，似乎也相差不遠。

想到這裡，蘇輕就看開了。

況且他們賭贏了不是？

鳥人最終沒讓他們死在冥界鬼主的手下，甚至還把他們藏匿到這個城市裡，而且蘇輕合理懷疑，他跟葉千秋身上的禁制都是鳥人的手筆。

爲的就是隱藏他們身上的氣息，不讓冥界鬼主再次找到他們。

只是……這鳥人也太不可靠了吧！

蘇輕沒有靈氣，頂多活得憋屈一點，但葉千秋失去鬼氣就離死不遠了。

他撇撇嘴，抬頭一看，天空一片晴朗，天色已經大亮，恰好是早上六點整。

連朵雲都沒有，更別說鳥人的影子了。

蘇輕煩躁地扒了扒頭髮，滿頭蓬鬆白髮跳躍著，他又拍拍身上的麵粉，落了一地。算了，買盤子去！盤子被葉千秋摔得只剩一個了。

他總愛惹得葉千秋暴跳如雷，家裡的盤子摔不勝摔，從小花的買到了藍格紋的，蘇輕還特地挪了一筆家用預算來買盤子。

他竊笑著，現在已經很確定自己是被虐狂了。

他這被虐狂想把全世界最好的東西捧來給葉千秋，而他不曾說出口的是，如果葉千秋眞的死了，他就把葉千秋的魂魄貼身收著，日日夜夜放在心口熨燙著，帶她去看全世界最美的地方。

他愉快地走在大街上，前往最近的菜市場。菜市場物美價廉，盤子的樣式選擇還特別多，蘇輕很喜歡那裡，那裡的大嬸大叔也都喜歡他。

他走進去東看看西晃晃，他常來買菜，憑藉著腦中累積的無數食譜，要做什麼菜都是手到擒來。

而葉千秋就喜歡吃大菜，以前喜歡吃熱炒，現在喜歡吃川菜，什麼五更腸旺、椒麻雞絲、水煮牛肉，還是川丸子湯，蘇輕都耐著性子，天天變著花樣爲她做。

「今天後腿肉來半斤。」蘇輕站定在豬肉攤前，笑咪咪地開口。

「好！」大嬸手起刀落，一大塊肥嫩嫩的後腿肉瞬間在砧板上出現。她俐落地用塑膠袋包起來，打了個結，讓蘇輕可以拎在手上繼續逛市場。「多送你一點絞肉，滷點肉燥很下飯啊。」

「謝啦！」蘇輕也不推拒，當家才知米貴，柴米油鹽都要精打細算。一個笑容換免費絞肉，値！

他繼續在市場中逛，又買了一些當季蔬菜跟水果。葉千秋現在身體極虛，當不得大補，只能用溫潤的食補徐徐滋養。

雖然蘇輕也知道這樣是治標不治本，但這是他唯一能做的。

他走著走著，忽然發現了一個新攤子。說是攤子也不對，因爲就一張小桌子，上頭鋪了一塊白布，寫著八個字。

鐵口直斷，生死有命。

「鐵口直斷」這四個字蒼勁有力，彷彿能破開白布躍出，「生死有命」這四字卻蒼茫輕淺，透著一股涼薄的味道。

這兩句話平淡無奇，迥異的兩種筆法卻讓蘇輕不禁駐足。就算不論他心裡記掛著葉千秋，他也想問一問自己的命是怎麼一回事。

不過他只想了一下又搖頭苦笑，他是由天地孕育的天狐，早已超脫人世間的規則，更別提葉千秋了，她打從娘胎出生就被冥界鬼主看上，她的命又怎麼能以凡人的論命方式來推定？

蘇輕收回算命的心思，抬腳就打算走，手上冰冷的碧藍色手鐲卻忽然震動了起來。這點震動既輕且微，但蘇輕還是很敏銳地感受到了。

他瞇起眼睛，閃電般地掐住手鐲……不，小蛇的尾巴。他將小蛇拎到自己眼前三公分，惡狠狠地開口：「原來你還沒死啊！」

他跟葉千秋與冥界鬼主大戰的時候，根本無暇顧及這隻沒用的孬種蛇，結果安頓下來後才發現，這條小蛇徹頭徹尾成了一個手鐲，別說開口了，連動都不會動上一下。

葉千秋嫌這個碧藍色的手鐲太過斑斕，就給了蘇輕。

蘇輕本來想扔掉，又覺得這條小蛇跟著他們一起出生入死，好歹也該留個全屍，就一直戴在手上了。

「裝死裝得這麼徹底，你是怕我們把你煮來吃還是賣了？嗯？現在又爲什麼忽然想起來自己不是個手鐲了？」

小蛇搖頭擺尾，一臉無辜，堅決不肯說話。

蘇輕氣得肝火上升，又不知該拿這不到三十公分的小蛇怎麼辦。他嘆口氣，抹抹臉，打算把小蛇塞回袋子裡，跟絞肉放在一起，小蛇卻趁著他不注意的時候瞬間疾射出去，飛向一棵榕樹。

「唉唷！這是哪裡來的長蟲啊？想暗算我啊！」

一道喊聲響起，蘇輕抬頭一看，那棵比三層樓還高的榕樹上有個老人，他揉了揉眼，一手拎著那條沒用的小蛇，打了個哈欠。

老人翻了個身，往下摔落，蘇輕一愣，對方卻好端端地站穩在他面前。

「小子，是你啊？」老人擦擦眼角的淚花，順便把小蛇胡亂塞進衣領。

「姜、姜公？」蘇輕失聲叫了出來，「您怎麼在這啊？」

「你爲什麼在這，我就爲什麼在這嘍。」姜公挑眉反問。「還是你覺得你能在這但我不能在這？我們總是在這，又何必問爲何在這。」

蘇輕被這番話繞得暈頭轉向，「什麼在這在那的……我只是想問您怎麼會出現在這裡而已……」

「你還想問？」姜公揚眉。

「不想了不想了。」蘇輕連連擺手，「您老見多識廣，這攤子是您擺的吧？」

蘇輕極爲客氣。開玩笑，能拿竹釣竿痛打蛟龍的人，在世上他也只見過這一個，雖然他也沒見過多少高人就是了。

「是啊。」姜公頷首，拍拍懷中躁動的小蛇，「這條蛟龍就給我吧。」

「您老也知道牠是蛟龍啊？」蘇輕沉痛地說，「牠也太沒膽了！」

姜公呵呵笑，也不說什麼，只是問一句：「蛟龍跟天狐，哪個尊貴？」

他笑得意有所指，蘇輕想了半晌，「有自由的尊貴些。」

姜公反問：「你又知道牠想要的是自由？」

「我……」蘇輕暗罵自己，跟這老人爭論這些幹麼？他的腦子都被繞暈了。

「沒事沒事。」姜公又樂呵呵地笑，「這條倒楣龍是天地間最後一枚靈蛋，尚未孵化的時候就被四方爭搶，磕磕碰碰地受了不少傷，最後先天不足、後天失調，現在都還沒過幼兒期呢！所以說牠是龍還太抬舉牠了。」

「難怪……我還以為牠天生就是蛟龍。」

「非也非也。」姜公搖搖頭，「牠是眞正的龍。」

「原來如此。」蘇輕抓抓頭，心裡還是不住地唾棄。蛟龍雖然尚未飛升，不能算是眞正的龍，但傳說中蛟龍能布雨、施水，還能保佑守護著的流域長治久安，怎麼這隻就只會成天攀著人，催眠自己不是龍不是龍？

「那我走啦。」姜公俐落地捲起桌上的白布，同樣往懷裡一塞，接著擺擺手，「該回去睡早覺了。」

早覺……只聽過人家睡午覺，還沒聽過睡早覺的。蘇輕小心翼翼開口，有心繼續跟姜公攀談，「您老說錯了吧？」

「哪裡錯？能有午覺就不能有早覺、晚覺嗎？漫漫長日，不睡覺怎麼打發啊！」姜公理直氣壯。

「那是、那是……」蘇輕眞覺得自己的腦子抽了，他管人家想什麼時候睡啊！

「那就行了。我走了啊！」姜公也不管用來擺攤的小桌，自顧自地往前走。但他才剛走幾步，就感覺自己的袖口被拉住了。

「小子，還想跟我討論睡覺的時間嗎？」姜公好笑地回頭。

「不……」蘇輕深深吸一口氣，忽然跪了下去，他是眞的怕了這個老頭了。再多的彎彎繞繞，都比不過直來直往地跪上一次，「姜公，求求你治好葉千秋。」

他跪在地上，認認眞眞地說著。其實遇到姜公的當下，他心裡充斥著一股爆炸般的狂喜，他一直尋思著該怎麼開口，但幾次都被姜公繞得暈頭轉向。他知道姜公是有意跟他打迷糊仗，最後實在想不到辦法，乾脆便這樣直挺挺地跪下去。

姜公幾乎是他唯一的希望了，他現在靈力盡失，連一點保住葉千秋的可能都沒有，只能看著她一天一天虛弱下去，逐漸失去生氣。

姜公什麼也沒問，彷彿早就知道一切。他斂了斂神色，搖搖頭，「我鐵口直斷，葉千秋注定要成疫鬼，你別對她白費心思。」

「她說過她寧願死，也不願成爲疫鬼。」蘇輕低下頭，仍然緊緊抓著姜公的袖子，指關節泛白，顯然抓得極爲用力。

「她不會死。」姜公長嘆一口氣。

「求您指點！」蘇輕想也不想，就要往地面用力磕下去。

姜公硬是扶著蘇輕，不讓他彎下腰，「三日後，十年一度的妖市會在此城大開，你去尋一個叫做黑明的人，他有辦法治葉千秋。」

蘇輕大喜過望，「三天後？怎麼這麼巧！」

姜公神祕兮兮地一笑，「總是一畫之緣。」

第二章

「大哥，想求您治個人……」

「不救，是人都不救。」

三天後，蘇輕依照姜公的指示前往妖市。

妖市十年一度，盛大非常，但為了不干擾凡人的生活，所以四周下了重重禁制，要不是姜公特別一一說給蘇輕聽，他恐怕連門都找不到。

不過說是門也不對，妖市獨立於人間城市之外，是個很大的廣場，場中有無數攤販，跟凡間的假日市集幾無二致。

各式各樣的攤子雖然井井有條，但為數眾多，光是要逛完都需要花上好幾個日夜，更別說在裡頭找一個從未見過的人了。

蘇輕心裡發愁，這裡人聲鼎沸，幾乎有數萬妖民。各類妖族混雜在一塊，仇家之間就算碰上了面，也只是彼此齜牙咧嘴示威一番，誰都不敢在這裡鬧事。十年一度的妖市太珍貴了，各種救命仙丹跟修練法寶在此一應俱全。要打？十天後再說。

這是所有妖族來到妖市的共識。

蘇輕穿著連帽的棉質上衣跟藍色牛仔褲，刻意把帽子戴了起來，畢竟他現在靈力低微，被誤認為狐妖的可能性太高了。

他可不想被誰隨便抓去養在籠子裡取樂，於是乾脆把面貌遮起來。

這也是他不敢冒冒失失四處瞎問的主要原因，姜公只要他來找尋黑明，卻沒細說黑明是個什麼樣的人。

好人？壞人？脾氣差的人？蘇輕簡直像是瞎子摸象，急得抓耳撓腮，實在想不出什麼好辦法。

他加快腳步，穿梭在眾多攤位之中，努力找著和姜公敘述符合的人，黑髮、黑眼、黃皮膚，身高約莫……

蘇輕心中暗罵一聲，光記得問長相，竟然忘了問一問那人屬於哪種妖。長相什麼的，還不是彈個指尖就能改變？

但姜公都能因爲一畫之緣而特地告訴他這些了，應該不至於讓他空手而回吧？

蘇輕不知道，高人都是走莫強求路線的，姜公壓根沒有保證能找到人的意思。他定了定心神，繼續在市集裡面四處張望。

他逛著逛著，逛出了興致，有個攤位上頭懸掛著極大極精緻的捕夢網，蘇輕遠遠看見眼睛就亮了，馬上三步併作兩步，跑到了攤位前。

「老闆，這網子怎麼賣？」

這攤子的空間約莫兩張榻榻米大而已，掛上了粉色紗帳，還點上了薰香。隨著蘇輕的聲音落下，裡頭走出一名女人，面容清秀、身材極好。她盈盈一笑，「一個一塊天穿石。」

天穿石……

這東西蘇輕是知道的，體積約莫巴掌大，通體透明，在光線的照射下顯得流光溢彩，據說是女媧補天剩下的石材，極難尋得。

但蘇輕現在別說一塊了，連半塊都拿不出來。

他腆著臉陪笑，「五百塊一個行不行？」

那女子笑道：「客人莫說笑。」

蘇輕搔搔臉，他是眞的喜歡啊！這捕夢網不知道是用什麼做的，散發著淡淡螢光，無風自動，輕飄飄的，像是眞的能給人一個好夢一樣，掛在葉千秋的床頭不知道多漂亮。

「好貴啊……」蘇輕想走，卻又捨不得，忍不住翻來覆去地摸著攤上掛著的捕夢網。

「當然貴啦。」女子摘下那個捕夢網，翻到了背面，一小塊天穿石鑲嵌在上頭，蘇輕定睛一看，赫然有五百人魂在裡頭泅泳。

「這……」蘇輕嚇得瞪大眼睛，「妳、妳、妳私囚人魂！」

幸好他理智還在，沒有當街喊出這句，只是含在嘴裡，滿臉不敢置信。

女子嬌媚一笑，「他們可自由來去。」她輕輕一撥，捕夢網發出銀鈴般的悅耳聲音，五百人魂匯集在一起，像是浪潮一樣在裡頭搖擺。

「若是能自由來去，誰會被妳囚禁在這裡？」蘇輕不信，悄悄拉開距離。

「眞的。」女子還是笑，「自由幻夢，夢比眞實更美好哪，客人……」

蘇輕不自覺地點了點頭，感覺腦子裡一片溫暖，但下一秒他就知道不好，猛地搖了搖頭，趕緊擺手，「不買了不買了！」

他夾著尾巴灰溜溜地跑了，這東西才不能給葉千秋！

他跑得飛快，沒聽見身後那帶著一絲嘆息的笑聲。

哎呀呀，還以爲這次能捉隻小狐狸來暖床呢。

蘇輕不敢再四處張望，他現在靈力低微，所有能力都被禁制封住，要是意外被哪路大妖抓走，他可就欲哭無淚了。

他收斂心神，盡量走在路中間，現在兩旁的攤位對他來說不啻於洪水猛獸。只是這隻沒見過世面的天狐，又哪裡抵抗得了熱鬧市集的誘惑？他走著走著，還是不自覺靠近了攤子。

這次他走向了一個極大的攤子，這攤子是一輛大卡車，車上堆疊著十幾個箱子，每個箱子內都是漆黑一片，看不清裡面裝著什麼。

攤主正在車上吆喝，「來哦來哦！這些都是走過明路的貨，看膩了式神？玩膩了妖？來喔來喔！環肥燕瘦，任君挑選！」

蘇輕好奇地靠近，他的個子在妖族中算不上高，才一百七十公分多的他，甚至比很多妖族的孩子還要嬌小。

他靈巧地鑽進去，來到其中一個黑箱子前面嗅了嗅。

狐的鼻子很靈敏，他聞到了一點奶香味，頓時更加好奇。什麼樣的貨會散發出這種甜甜的味道？

「現在開始競標，價高者得！第一個，請大家注意看好啦！」攤主話音落下，雙手誇張地畫了個大圓，指向蘇輕眼前那個黑箱。

黑箱的術法解開，一瞬間變得透明，裡頭有個熟睡的女人趴臥在柔軟的毛毯上，胸部還微微分泌著乳汁。

「這個十萬冰晶！快快快！那邊的出個價啊！別光顧著看，來來來，買牛奶不如在家裡養頭乳牛啊！」攤主更起勁地吆喝。

蘇輕嚇得往旁邊一跳，另一個黑箱也開始起標拍賣了，裡頭一個男娃兒隔著箱子，看著蘇輕抽抽噎噎地哭。

蘇輕深深吸一口氣，面色鐵青地轉身，決定自己要是再隨便靠近任何一個攤子，就把自己的眼睛戳瞎！

但他才背過身去，就聽到一個有些怯懦的聲音。

「這些……全都給我。」

蘇輕不由自主地轉身，他很想知道，是誰會想一次買幾十個人類回家，用途又是什麼？難道宰來吃嗎……

妖族居住在人類的城市裡，各族都有相應的規矩與戒律，不得任意獵捕人類是最基本的通則，但總是會有些不長眼的人犯到妖族頭上。這類人經過妖族聯盟審判後，就成了可以在明路上買賣的「貨品」。

這些蘇輕都知道，但他心裡還是怪不自在的。

畢竟天狐不屬於任何妖種，只是托生於狐狸種的肉身，相對於妖族來說，他更屬於天地法則一點。

「全部啊？這次只帶了二十七個，就算您整數五千萬冰晶吧！」

攤主見有人願意買，還是一次全包，也不殺價，於是趕緊撥了撥算盤，給了個公道價。妖族生命不短，隨便都能活個上百年，做生意也得走長久經營之道才行。

「好。」

那男人果真沒有二話，掏了掏口袋，簽了一張支票過去。

冰晶是妖族用來交易的一種貨幣，也有信用卡跟支票這種支付方式，跟人類貨幣的比值大概是一比一萬，畢竟妖族要弄到人類的貨幣太容易了。

「好的，感謝親！」攤主喜孜孜地收下支票，「親，您是要打包寄送還是現場取貨？」

在場的客人發出噓聲，喊什麼親，敢情這攤主平常還兼任淘寶店主？

「怎麼？有意見？」攤主橫眉豎目地瞪了周遭一眼，「淘寶又怎麼了？你們這些落伍的人，以為我十年才開張一次啊？十年一次的話我早餓死了！來來來，都加我的QQ！發一張我的照片過來就打九折啊！」

攤主自得其樂地用手機秀出QQ帳號，那名向他買貨的男子手舉了又放，最後聲音微弱地開口，「我現在取貨……」

他的話音實在太小，完全被淹沒在此起彼落的傳訊聲中。

還是蘇輕看不過去，吼了一句，「喂喂！人家說要現在取貨啦！」

他喊得中氣十足，攤主跟一干人等都看了過來，神色古怪，攤主還嘟嘟噥噥，「傻子啊，這麼一串人是要趕屍趕回去嗎？」

蘇輕抹抹臉，深深吸一口氣，決定不跟這少根筋的攤主計較。他把買下這批貨的男人往前一推，「他說要現場取貨。」

「知道啦！」攤主手腳俐落，一彈指尖，關著那些人類的黑箱子四壁立刻消失，裡頭的人頓時跌成一團，驚慌失措地看著彼此，但他們過去不知道遭了多少罪，竟然沒人敢喊一聲。

攤主再拍拍手，所有人的頸子瞬間掛上一條紅繩，紅繩極長，最尾端被攤主抓成了一把，綑成一束，往前一遞，「客人，你的貨。」

那個男人抿著唇，有些猶豫，但仍然伸出手緊緊握住那把紅繩，接著轉身頭也不回地離開，身後那一串人跟著傻愣愣地往前走，景象看起來非常怪異。但十年一度的妖市裡沒有最怪，只有更怪。

大家注目了一會兒，又繼續閒話家常起來。

「你說，這人買這麼多貨要幹麼啊？」一隻熊妖抓抓肚子，有點惋惜地看著那串粽子裡的其中一個人。女人啊，那手臂、那腿肉……嘖嘖，他一抹口水，實在饞得慌。

「你不認識他？」旁邊的雞妖一臉驚訝。

「不認識啊，你認識人家？那剛剛怎麼不打招呼？」熊妖翻了個白眼，雞妖天性就愛囉囉嗦嗦，還認識呢，是有多熟？眞這麼熟，早撲上去跟人家分半隻了。

「唉唷，他不認識我，但大家都認識他啊！」雞妖嗔怪地看著他，「他是黑明啊！他喔，是被人類養大的異類，說什麼要報恩，四處買人放生哩！」

「什麼？」熊妖大叫起來，「放生？那多可惜！他去哪放生你知道嗎？我現在就去逮回來！那些都是過了明路的貨，難得啊！」

「你敢去逮？小心生了重病沒人治啊，沒聽過怪醫黑明嗎？就是他啊！」

「原來是他啊……」熊妖吞了吞口水，摸摸肚子，又權衡一下。好吧，怪醫黑明的確聲名遠播，聽說得罪了他是會誅連九族的，到時候連隻仔熊都不肯治，他還不被族長打死？

「是吧，你沒看剛剛他買走了全部，也沒人敢吭聲。」雞妖得意洋洋地抖著脖子，難改身爲一隻雞的習慣。「人家可是黑、明、啊！」

他拔尖了嗓音喊出最後兩個字，刻意要挫一挫熊妖的威風。誰不知道熊最愛偷雞了?真不知道有多少子子孫孫被禍害了。

說者無意，聽者有心，這一句剛好傳進了已經走開幾步的蘇輕耳裡。

熊妖跟雞妖前面的交談他只聽了個大概，連黑明兩字都沒聽全，但雞妖最後喊的這一句，卻讓他猛然一驚。

黑明?不就是他此行要找的人嗎!

他急忙回頭，一把抓住雞妖，「他是黑明?他往哪裡走了?」

雞妖被抓得生疼，蘇輕的態度又很沒禮貌，他頓時撇撇嘴，「我哪知道!小混帳，你哪一族的?膽子不小啊!不知道你爺爺我什麼身分嗎?」

蘇輕又急又怒，爺爺個頭，他天生地(地牢)養的，哪來的爺爺?他一氣，拉下頭上的帽子，尖細的狐眼往上一勾，露出墨色的眼瞳，「你剛剛說的那人去哪裡了?」

雞妖雙腿一軟，唉唷雞神唷!竟然是天敵啊!

「往、往那裡了……」他顫抖著手，一時也沒注意到蘇輕靈力低微，被蘇輕的狐眼一嚇，他的魂魄都飛了。

蘇輕鬆開手，重新戴好帽子，迅速往前奔去，留下身後嚇白了臉的雞妖。

「你幹麼這麼怕他?」熊妖不明所以，他剛剛站在蘇輕身後，沒看到那對能攝人心神的狐眼。

「他、他、他……是狐啊！」

「呿，我還是熊呢！」熊妖不屑地說，「你怎麼不怕我？他靈力低到幾乎沒有，我看也只是剛成妖不久的小屁妖。」

「什麼？」雞妖愣了一下，「他身上靈力低，剛成妖、小屁妖？」

熊妖雙手抱胸，同情地點點頭。

「唉唷！我的雞神啊！不把他啄成篩子，我誓不爲雞！」雞妖尖叫道，就想往蘇輕剛剛消失的地方跑去。

沒想到他跑了幾步仍是在原地，雞妖困惑地回頭，想看看是不是被什麼東西絆住了腳。

「陪我逛逛。」熊妖理所當然地開口。

「啊？」雞妖丈二金剛摸不著頭腦。

「陪我逛逛，我缺個嚮導。」熊妖揪著雞妖的後頸，也不管他答不答應，逕自往下一個攤位前進。

雞妖哭喪著臉說：「大哥，您是熊，俺是雞啊……」言下之意是，道不同不相爲謀啊！

「嗯？」熊妖不覺得有什麼問題。

「您缺嚮導的話，我替您找一個……」

「不。」熊妖笑得沒心沒肺，「他們可沒你這麼有趣。」

「啊……」雞妖欲哭無淚，早知道就管好自己的嘴啦！只是再給雞妖十個膽子，他也不敢掙扎，沒辦法，武力值相差懸殊啊。

蘇輕一路跟著那個被稱爲怪醫的男人。

黑明手上牽著一大群凡人，走得很慢，引來了不少關注的目光，也不乏想分一杯羹的妖。

但怪醫的名號響亮，很多妖看清是黑明之後，就放棄糾纏了。

黑明對於這些似乎毫無所覺，他只是一直低著頭，牽著這串粽子往外走。他選了一個出口，筆直地走出市集，蘇輕不敢落後，也沒打算隱藏身形了。

眼前出現一片陰暗的森林，黑明還是自顧自地往前走，可憐那串人裡面有的帶著傷，有的連衣服都沒得穿，卻只能呆愣愣地赤足前行。

他們跌跌撞撞地走著，偶爾還會被盤根錯節的樹木絆倒，但黑明也不生氣，就牽著紅繩站在原地等，直到大家都站好了，才又繼續往前走。

這片森林中的樹木生長得極爲茂密，陽光幾乎無法穿透，蘇輕無法藉此估算出他們到底走了多久。

溼潤的地面上都是青苔，在這群人摔跤了無數次後，黑明終於停下腳步。

他輕輕一握手中的繩子，束縛著這些人的紅繩彼端瞬間全部斷開。

黑明回頭看著那串一臉茫然的人們，輕聲開口：「別怕啊，我不會吃你們的。」他努力地擠出微笑，卻不知道僵硬的表情配上勉力上揚的唇線有多麼可怕。

有幾個男人都嚇得尿出來了。

「去去。」黑明揮揮手，想把這群人往森林裡面趕，「這裡沒什麼人住，整座山頭都是我的，你們喜歡在哪裡定居就選哪裡，我、我……不會干涉你們的！」

黑明很努力地勸誘，急紅了臉，只是無論他怎麼趕，這群人說不動就是不動。他又著急又不知該如何是好，情急之下用上妖力大吼了一句，「我叫你們走啊！」

幾個凡人嚇得瞬間臉色蒼白，紛紛「咚咚咚咚咚」地往後倒，他們都以爲自己要死在這裡了。

「爲什麼你們不聽話……」黑明頹喪地垂下雙肩，可憐兮兮地看著地上的蕈菇。「你們不喜歡這裡嗎？」

他抽抽鼻子，額前的劉海蓋到了眼睛，整個人散發出強烈的怨氣。

但沒人回答就是沒人回答。他張口又閉口，實在不知道還能說什麼，只好沮喪地蹲下來，抱著膝蓋一言不發。

遠處的蘇輕臉上三條線，他的白眼都要翻到後腦勺了，敢情這傢伙眞的在「放生」？

他向前一步，「那個……我說……」

他的聲音不大，在一片寂靜中卻顯得特別響亮。他本來以爲他可以跟這位黑明先生好好溝通，沒想到他一講話，對方一抬手，六把銀刀就飛了過來！

饒是蘇輕反應極快，也還是被其中三把釘在了大樹上。

蘇輕撇頭一看，哇靠！入木三分啊……

「要不要這麼狠啊你？」

又是九把銀刀疾射過來，蘇輕快被戳成蜂窩了，他腋下和腰間的衣料，以及褲管，全都被死死釘上了樹幹。

蘇輕趕緊張口大喊，「你在這放生他們，是想害死他們啊？」

他的話讓黑明冷漠的目光瞬間軟化，他茫然地看著蘇輕，「害死他們？」

蘇輕深深吸一口氣，心想這傢伙的人格落差也太大了吧？但他可不敢再去招惹黑明，只是指了指身上的銀刀，「咱們能不能好好說話？」

「這樣不好嗎？我只是不想讓你靠近我。」黑明困惑地偏頭，模樣說有多天眞就有多天眞，只是這舉動由一個二十幾歲的大男人做出來，蘇輕只覺得今天的午餐快要從胃中逃出。

「當然不好！」蘇輕大義凜然地說著，「我是人，我要求應有的尊嚴！」

「你不是人。」黑明直截了當地搖頭，「他們才是人。」

「……」大哥您是外星人吧？是吧？是吧？「重點是，你想救他們吧？」

蘇輕飛快地把即將歪到外太空去的話題導正，態度特別客氣。擒賊先擒王，跟這傢伙講話得講重點！

沒想到，自認神機妙算的蘇輕這次算錯了，黑明還是搖頭。「我沒這麼想。」

「那您是想……」蘇輕只差沒伸出手指頭跟黑明相接，試圖接收訊號了。

「我只是想養他們。」還好，這次黑明痛快地給了答案。

「養？你要吃嗎？」蘇輕盡量以妖族的思考邏輯去推測。

「沒。」黑明還是搖頭，「治病。」

「他們現在沒生病吧？」蘇輕不明所以，雖然這些傢伙身上帶著傷，還被嚇破了膽，但能跟著黑明走這麼長一段路，應該是健康的吧？

「以後就有了。」黑明斬釘截鐵地說。

蘇輕一瞬間石化了。

大哥，原來您這是想寫觀察日記來著……

但他終於抓到了重點，立刻循循善誘，「大哥，您這樣是不行的，您知道嗎，人類既脆弱又渺小，您看看他們光走路都走不好了，怎麼可能在森林裡生存？能夠在森林裡生存的人類不是人類啊！」

「電影裡都這樣演不是嗎……」

「那是電影，電影！」蘇輕氣得差點暈過去，A片都知道是假的了，電影能當眞嗎？「還是您只想養三天？」

他搓著手，深怕自己會錯意。

「不是。」幸好黑明搖搖頭，「三天後通常不是凍死就是餓死，一隻都沒剩，可惜。」

您也知道啊……蘇輕在心裡狠狠吐槽。「我們要養生物，得先幫生物製造生存條件。您看，是不是先蓋個房子、買幾件衣服、送一點食物……」

「啊！」黑明猛地點點頭，一臉「我怎麼就沒想到」的表情。

蘇輕眞是狠狠被打敗了，他乾脆好人做到底，領著黑明回到市集裡，買齊了這群凡人要穿的衣服、鞋襪，又添購了被褥，甚至帶了十頂帳篷回來，扛了幾頭豬，還一人發了一把小刀。

「好啦，穿上衣服就是人啦，自己好好活下去吧！也別想逃了，這座山不知道在什麼荒郊野外，你們要是病了，就自己回來這裡，大喊……」

蘇輕看著黑明的神色，見他沒有反對，便繼續說下去。

「黑明先生救命！這樣就好了。」

這群凡人穿上衣服後，總算恢復了神智，有些人看到蘇輕似乎是可以溝通的，雙膝一跪，就想嚎哭。

蘇輕趕緊開口，「別哭別哭，你們都是過了明路的貨，身上早留下了烙印，如果不在這裡安分地過完這輩子，回去人間只會立刻被捉去下鍋，難道你們想回答今晚被清蒸、紅燒、油炸哪個好這種問題嗎？」

一干人等齊齊搖了搖頭，面色慘白。

「那就對了。去吧，安分地好好活著，說不定生下來的小孩我還能帶回人間，替你們找個好人家托養。」

蘇輕笑咪咪地揮手，這群凡人目光相對了一下，飛快地拿著手上的東西，往森林深處跑了。

說到底，他們還是害怕蘇輕跟黑明的。

無論他們曾經是誰，從哪裡來，有些規則都是永遠無法橫越的。他們打破了界線，就再也回不去了。

他們永永遠遠失去了人的身分。

蘇輕做完這一切，喜孜孜地看著黑明。這下好了，有了突破口，要讓人家救葉千秋也簡單多了。

但再次超出他的理解範圍的是，黑明看著遠去的小人兒們，只是欣喜地亮了亮眼睛，接著——轉身走了。

蘇輕活活愣成了蠟像。

他很快回過神，趕緊快步追上前去，只是還沒摸到人家肩膀，咻咻咻又是三把銀刀飛過來。

蘇輕欲哭無淚，只能安慰自己，有進步，這次只有三把。

「大哥，您……」他硬著頭皮喚了黑明。

黑明戒備地回頭，「有事嗎？」

當然有事啦，不然我今天一整天跟在您屁股後頭跟心酸的？蘇輕心裡暗罵，臉上還是笑得人見人愛、花見花開，「大哥，您看看，我做了這麼多，一整天都浪費在這裡，是不是……」

這次黑明和他的頻率對上了，很快反應過來。哦，妖族嘛，總想利用他的。

「你要什麼？」

「我什麼都不要。」蘇輕收起臉上的笑意，正色說：「只想求您治個人。」

他心裡緊張得直冒煙，黑明卻果斷給了答案。

「不救。」

蘇輕咳了幾聲，「大哥，您也聽聽要救的是誰，男的女的，幾歲……」

黑明斬釘截鐵地打斷他，「不救，是人都不救。」他轉過身去，又繼續走，一點情面都不給蘇輕。

蘇輕站在原地，疲憊地抹臉。

如果他現在還有天狐的力量伸出手指就能碾死人家他就他媽的把這外星來的傢伙抓回去逼他治葉千秋哪裡還在這裡跟他說廢話！

可惜他沒有。

蘇輕氣得不輕，奈何形勢比人強，他只能繼續眼巴巴地跟著黑明。

黑明丟了十幾把銀刀出來，將渾身上下的銀刀都丟光了，蘇輕還是一副天涯海角我也跟你去的樣子，鍥而不捨。

黑明暗自苦惱，皺著眉頭回到他的兩層樓小屋。

蘇輕一直跟到這裡才發覺，這傢伙還真的是山中有神醫，遺世而獨立啊……

他眼睜睜看著黑明鑽進小屋，關上了大門，還是沒想出辦法來。

這傢伙好說歹說都無動於衷，思維難以用常人邏輯判斷，威脅？自己現在還沒人家的一根毛強；利誘？人家連眼睛都不眨就拿出十萬冰晶，自己卻只有狐狸毛。

蘇輕實在煩惱。

他蹲在人家家門口外的排水溝邊扮蘑菇，一身怨氣強烈得能組一支死靈軍團，屋裡的黑明卻兩耳不聞窗外事，讓蘇輕一蹲就是大半天。

天色黑了，蘇輕的腿也麻了。

他站了起來，從窗子往裡看，黑明抱著筆電，劈里啪啦地打著遊戲。

哦？這款遊戲不就是他和葉千秋玩的那款嗎？

蘇輕眼睛亮了，這下有共同話題了。

他繞了過去，走到距離黑明最近的那扇窗前，看著黑明一個人在冰之女王下面打帶跑。

什麼職業啊？

哦哦，原來是遊俠。

打帶跑？

這戰術是不錯，但你知道王怪都有狩獵範圍吧，孩子……

蘇輕一邊點評，一邊看著黑明一次又一次地把冰之女王引出來，然後跑離了冰之女王的狩獵範圍，讓對方又施施然地走回她的寶座。

這個過程重複到第九十九次時，蘇輕雙手摀住臉，實在不忍卒睹了。

孩子，你到底是怎麼練到滿等的？

難道你玩遊戲是爲了磨練自己，養成堅忍不拔的優良特質？

蘇輕吐完槽，伸出手，在玻璃上敲了幾下。

黑明轉過頭，看著貼在玻璃上的人臉，面無表情地讓手裡控制著的人物撞了牆。實在不能怪他，外頭一片漆黑，蘇輕來這一招，沒當場嚇出尿來的人都是心理素質不錯了。

「你怎麼還在這？」

或許是終於想起蘇輕替他買了不少東西送給那些人，黑明還是伸手開了窗戶。

「你從她的王位跳上去，接著踩左邊的冰雕，再往斷掉的那根梁跳，有個點可以卡住，待在那裡持續射一個小時的箭，冰之女王就會死了。」

蘇輕連珠炮似的講了一串，看著黑明不明所以的模樣，腦袋乾脆探了進去，伸長手搶過滑鼠，三兩下就跳上他跟葉千秋作弊的老位置。

他對著冰之女王射了一箭，接下來就是系統的事情了。

「系統會自動瞄準，大哥您可以吃個飯、洗個澡，待會撿寶剛剛好。」

「你很會玩這個？」

黑明忽然用極其炙熱的眼神看著蘇輕。

蘇輕撥了撥頭髮，聳聳肩，「也算不上太強，至少競技場前百吧！」

當初他迷上競技場的時候，連吃飯都要葉千秋叫，說前百可還是謙虛了，再給他一點時間，要拿前十還不是手到擒來？

黑明聽了他的話，霍地站起身來，走到客廳，從桌上拿起一本看起來翻過很多次的雜誌，翻到其中一頁，遞給蘇輕。

「我想要這個。」

蘇輕接過一看，是一整面的跨頁廣告，廣告內容就是他跟葉千秋玩過的那款遊戲，上面寫著：明星賽開打，組滿五人一隊即可參加，全伺服器前三名的隊伍各有痛車❶一台。

「大哥，你要這個做什麼？」

「我喜歡她。」黑明臉上泛起可疑的紅暈，指著雜誌上頭的一輛機車外殼。

五台機車的外殼上都彩繪著不同圖案，有幸被黑明選中的那一台，彩繪上了整個遊戲裡面衣服穿最多、聲音最正經、表情最純潔，玩家會最先遇到的新手NPC——雅美娜大姊。

黑明補充說明，「我第一次看到她的時候，就喜歡上她了。」

一整天沒有進食的蘇輕，因爲血糖過低而向後栽倒了。

大哥，你的思維也太異於常人了吧？

他終於知道黑明爲什麼在遊戲中挫敗成這樣，還能屢敗屢戰、再戰再敗了……

這傢伙還眞是前所未有的純情少男啊！

❶痛車：指將動漫畫或遊戲人物以彩繪或黏貼貼紙的方式裝飾上去的車輛。

第三章

她忽然覺得自己有家了，在這個虛擬的地方，有著這樣一群人。

葉千秋身上裹著毯子，臉上泛著不正常的殷紅，但她的目光灼亮，淺色的瞳仁裡流動著光彩。

她劈里啪啦地按著滑鼠，飛快操縱著手上的人物，連續施放一個又一個的法術，她將角色的魔力值掐得十分精準，每一次的連招都能帶來極大的傷害。

她繃著一張臉，臉上沒有明顯的笑意，還不時地咳嗽著，每次一咳就得壓下滿腹翻騰的血氣，但她好久沒有這麼愉快了。

蘇輕答應黑明組戰隊打比賽的事情，她已經知道了，雖然以治癒她做爲交換條件這一點，她覺得可有可無。

她注定要成爲疫鬼，那麼是身體殘破的疫鬼還是完整無缺的疫鬼，都無所謂。就像問一隻豬說，留你兩隻後腿還是一隻後腿入鍋一樣，這根本不是豬會在乎的地方，都要被煮了嘛。

她不是豬，但她也不在乎。

不過蘇輕毫不客氣地指使黑明買了兩台筆電這點，倒是不錯。而且搬到黑明的家後，她跟蘇輕有了各自的房間，不像之前抬頭不見低頭見那樣窘迫，蘇輕也不用爲了繳房租而去外面打工了。

葉千秋使用全新的筆電下載遊戲時，心裡激動無比，雖然面上沒有表現出來，蘇輕還是察覺了，不禁恨自己怎麼沒早一點想到。

雖然他的打工薪水微薄得可憐，但如果早知道葉千秋會這麼開心，說什麼他都要去弄一台來。

葉千秋載完遊戲就一頭栽了進去。

她本來睡著的時候多，醒著的時間少，雖然主因是氣血兩虛，但生無可戀也是關鍵。不過她安裝好遊戲後，從昨晚開始，已經連續玩十二個小時了。

她看著自己角色身上堆滿的各種戰利品，嘴角忍不住上揚。

這些都能賣錢啊！

人魚公主的鱗片、蜘蛛女王的毒囊、世界漫遊者的笛子、永世亡靈的黑斗篷……葉千秋心裡飛快地打著算盤。

呼，加起來能抵得上蘇輕一個禮拜的薪水呢。

果然還是重操舊業好啊！

她滿足地長吁一口氣，繼續揮著手上的小法杖，操控著身上負重已經接近八成的小法師，繼續前往下一個BOSS的巢穴。

下一個目標是去搶劫火精靈的珍藏，她打算湊兩個火系徽章，順便幫蘇輕織一條抗火的披風。小法師在地圖上勤勤勉勉地前行，主人葉千秋則哼著歌，低低的聲音迴盪在房間裡。

她跟蘇輕會搬到黑明這間在山頭上的小木屋，是應黑明的要求。雖然附近偶爾會有袒胸露背、只穿著裙子的奇怪人類偷窺，但總歸還是個山明水秀的好地方。

她甚至好心情地開了公會頻道，在眾人吵吵嚷嚷的對話間冒了一個字。

冷凝香：早。

眞的就一個字，但她這一個字讓公會頻道瞬間炸開了，上從會長下至會員，全都搶著洗頻。沒辦法，葉千秋實在太久沒上線了，身爲每日準時打卡黨的她，好幾個月沒上線可是遊戲開服至今第一遭啊！

原本按照公會的規矩，一個月沒上線就會被踢出公會，不過全體成員一律漠視了這條規矩，讓一上線看到自己頭上還掛著公會名稱的葉千秋愣了好一陣。

「葉！妳到底去哪啦？」公會裡跟她很要好的大姊霜月不去搶公會頻道了，直接寫了信寄過來。

只是她想得到，別人也想得到，葉千秋就這樣被幾十隻鴿子砸了滿頭的信件。

雖然信件如雪片般飛來，但幾年的老交情擺在那裡，葉千秋還是特地從茫茫信海中撈出霜月的信回覆。

「要不是這信不會造成傷害，我這回大概都要躺地板了。」

「唷，還會開玩笑啊？」霜月飛快回信，寫了一封不夠，立刻又追加一封，「我說妳去哪裡了？這麼久沒上線，想死姊姊我了！」

葉千秋在螢幕這頭輕笑，十指如飛，「逃難去了。要不要打神聖領域的副本？

我有需求。」

「只用四個字就想打發我？」霜月顯然不太滿意。

「不然我們約出來聊聊？」葉千秋開玩笑地說。

霜月是女生，可是從來不出席公會聚會，因此很多人一開始都懷疑她其實是男生。但她的聲音相當好聽，公會裡還有霜月的後援會。

而且霜月玩牧師的技術極佳，血量只要沒歸零，都絕對拉得回來。

當然，前提是不被霜月惡意放生。

「呿，妳還沒資格看見姊的長相。找公會裡的人一起吧？妳好久沒帶團了。」

霜月回信，沒有再繼續追問下去，並按著葉千秋給的座標瞬間飛了過來。

「嗯。」葉千秋回了一個字。神聖領域副本並不難打，只是特別麻煩，裡面的地道能繞得人頭暈，怪又特別多，煩不勝煩。

她現在已經滿等了，打這副本也沒用，只是她剛好缺一把銀漆鑰匙開寶箱，這鑰匙不能交易，所以也無法收購或向人討要，才不得不自己來打一回。

霜月：座標1744.1115，寂靜雪山，葉說要打神聖領域，誰想來？一打手一牧師，先到先贏啊！

霜月一看到葉千秋的信，就直接把自己的座標丟上了公會頻道。對她來說，這副本也是可打可不打，她都做好耗掉整個晚上的心理準備了，但沒想到的是——

除了站在葉千秋身旁的霜月，滿螢幕的潔白雪地裡一瞬間閃現無數道光芒，十幾個跟葉千秋相熟的公會成員都傳送過來了。

墨言：葉，妳沒說一聲就不上線，大家還以爲妳出什麼事了！

奇米米：就是！我們還叫小李子去駭妳家電腦，誰知道連電腦都找不到。

霜月：其實我懷疑是小李子學藝不精。

小李子：禁斷的眼鏡與小鬍子……霜月大姊，您都看這種呀？口味還眞特別！

霜月：……居然敢駭我電腦，我砍死你！

小李子：還說我學藝不精？葉，妳解釋解釋，妳是不是把電腦給呑了？

當時冥界鬼主一怒，整棟大樓傾覆只在彈指之間，別說電腦了，連人都不存在了。葉千秋心裡苦笑。

看著大家不斷地洗頻道，都是在關心自己到底去了哪裡，她忽然不知道該說什麼了。

冷凝香：我……

她能說什麼呢？這一切又有誰可以理解？但她忽然覺得自己有家了，在這個虛擬的地方，有著這樣一群人。

這，就是家的意思吧？

她拚命地克制想哭的衝動，這時會長打了一句話。

雲滿天：回來就好。打完副本，回頭我把手機號碼寄給妳，下次，打通電話。

葉千秋回頭一看，確認房門緊閉著，蘇輕去樓下教黑明了。

她默默抽了一張衛生紙。

嘖，今年的冬天眞煩，總不讓人的眼睛和鼻子好過點。

冷凝香：知道了。

葉千秋興致高昂地把神聖領域這個中等副本打成公會團隊副本，大家都沒需求，可是銀漆鑰匙並不好出，爲了增添點樂趣，於是他們各種打法花樣盡出。紅燒、清蒸、三杯，BOSS都想跪下來叫他們去別的副本肆虐了。

和樓上的情緒高昂相比，樓下的蘇輕就稱得上鬼火纏身了。

他陰沉地看著黑明，這傢伙手速慢、反應差，還妄想打進團體戰前五名，不如給自己一根繩子上吊算了！

他剛剛查看黑明的人物資料時，更是絕望地發現，相較於他的無敵十秒，黑明的系統贈送技能更莫名其妙——絕處逢生。

當角色的生命瀕臨終結的時候，就會自動施放絕處逢生這個技能，將自己隨機傳送到其他地點。

也就是說，去哪裡？不知道。

算不算脫離戰鬥？算。

那寶還打不打？都不知道被傳去哪了，還打啥！

人物會不會死？難說。畢竟傳送地點無法選擇，有可能因此脫離險境，也可能再次陷入危機。

「你這技能未免也太雞肋了！」蘇輕掩著臉，不忍直視，不知道是可憐自己還是可憐黑明。

「才不會。」黑明不贊同地看了蘇輕一眼，「這技能成功將我傳送了八百七十一點五次。」

果然是學醫的，精準地統計到零點五。

「八百七十一次裡面死了幾次？還有零點五是怎麼回事？」

「七百九十九次。那零點五次是有次要傳送的時候就被毒死了，連傳都不用傳。」

「這樣還不雞肋？」蘇輕吐槽，說是雞肋還太抬舉了，根本是無用。

「一次都不成功也無所謂，這技能是雅美娜送我的。」黑明一臉羞澀。

蘇輕簡直想一頭撞死。他沉痛地指著螢幕，「那女人是新手導師，不知道送了多少系統技能給別人過！」

黑明不解地看他一眼，「她送別人跟送我有什麼關聯嗎？這技能每使用一次就要等待一天才能再使用，我平常還捨不得用呢！」

你強、你厲害、你大爺！蘇輕絕望地看著黑明，這傢伙情聖當得如此出神入化，連自己喜歡的對象送東西給別人也無所謂。

不過，這人的腦子恐怕根本就不能用常理來論斷……

「喂喂喂！你現在又要去哪裡？」

蘇輕按著黑明的肩膀，大呼小叫起來。他剛剛沉浸在自己的不幸當中，一時沒發現，黑明居然從北櫻海中一路游游游回了春之島。

「不是叫你先熟悉水底下的戰鬥視角嗎？」

對，他還很頭痛地發現，黑明在海中場景會暈，所以他的人物在海底根本是軟腳蝦一隻，別說在海裡戰鬥了，連東南西北都分不出來。

「我、我先把珍珠送回去給美娜……」黑明的人物輕快地在春之島的海岸線上奔跑，操控者自己卻臉色慘白。

「珍珠？」蘇輕把頭擠到螢幕前。「哪來的珍珠？」

他玩這遊戲也不是兩三天的事了，若是值錢的東西，早被葉千秋掏來賣了，他不可能沒看過。

「就是這個。」黑明打開包裹，指著上頭以淺粉色新細明體標示的道具名稱。

「珍你媽！」蘇輕狠狠一抹臉，「給我回去海底，那是任務道具啊啊啊！」

「嘔、嘔嘔！」

「別吐在我身上啊混帳！」

這廂蘇輕喊得聲嘶力竭，那廂黑明吐得稀里嘩啦，還是堅定不移地在海岸邊奔跑，朝最終目的地歌唱之島奔去。

他吐得連傳送卷軸都忘記用了。

看著黑明羞澀地把一包裹的珍珠全都送給新手NPC，蘇輕完全無力了。他堂堂俊美無雙、清逸如謫仙的天狐，現在完全成了泥地裡被遺忘的小白菜，萎了。

他簡直想求上天乾脆劈下九天雷劫把他劈死算了。

給他一個痛快多好，他前世造了什麼孽，要派這樣一個人來折磨他？

……唉，看著黑明玩了一早上的遊戲，連他的腦子都有點不清楚了，他又不是妖狐，哪會經歷雷劫？

連顆冰雹都不會有啊。

在蘇輕徹底受不了把黑明掐死之前，葉千秋終於看不過去了。

「你再教一百年，他也打不進明星賽。」葉千秋一針見血。

「喂喂喂！他是朽木、糞土！跟我無關！」蘇輕上跳下竄地說。

「你要繼續教？」葉千秋揚眉。

「……麻煩您了。」身爲一隻自出生起就被關進地底的天狐，蘇輕很懂得趨吉避凶四個字怎麼寫。倒不是說教黑明有多危險，他只是怕自己會成爲史上第一隻死於腦溢血的天狐，太窩囊了。

「也不是我教。」葉千秋搖搖頭，她抱著筆電，懶洋洋地靠著抱枕，臉色仍舊蒼白一片，卻隱約有著笑意。「我替我們幾個找了一個老師。」

葉千秋讓蘇輕跟黑明到競技場前集合，因爲明星賽即將開始的關係，競技場前面擠得水洩不通，不斷地有隊伍前來登記，也不斷地有隊伍被傳送到競技場裡頭。

葉千秋的人物旁邊站著霜月，「霜月，拜託妳了。」

霜月只回了：「OK！」

她俐落地把蘇輕跟黑明都加進隊伍裡頭，登記進入競技場。明星賽是五人制，完整賽程還沒公布，但是團體賽肯定是有的。現在他們只有四人，還沒滿員，第五個隊友得找路人湊。

霜月想先看看大家的風格跟素質，所以才讓葉千秋把人都叫過來。

因爲很多人在這裡練習的關係，幾乎不需要等待對手出現，霜月這一隊很快就被傳送進競技場。

兩邊隊伍在螢幕上的倒數結束瞬間，立刻展開了廝殺。霜月先在每個人身上施放一個護盾，接著替自己加上輕靈術，開始在場中遊走。

她是牧師，續航力越佳，隊伍生存的希望就越高。

他們所在的地圖是標準的十人制地圖，整張地圖是圓形的，中央有一根石柱，場地周圍的柵欄會不定時地打開，放出野生怪。

這些野生怪對滿等的玩家來說威脅不大，純粹是送補品來著，每一隻都會掉落藥水，功能隨機決定。

不過他們忽略黑明的小白程度了，黑明似乎是第一次進入競技場，本來對玩家沒什麼威脅的野生怪，卻三兩下把他繞進了柵欄裡，還將他給撕了。

只過了十秒鐘，當雙方還在彼此試探的時候，黑明的人物就陣亡了。

霜月握著滑鼠的手一抖，心想：葉，妳給我找了什麼麻煩啊……

但黑明的人物死亡，對其他人來說沒什麼影響，別說補進來當第五個隊員的路人了，連葉千秋跟蘇輕都沒有任何團隊意識。

葉千秋的法師揮舞法杖，迅速把對方的死靈法師變成了兔子，她本來是想讓蘇輕隨後補刀，沒想到蘇輕跟過來之後，卻盯上了對方的刺客，兩個人短刀長劍的打得乒乓響。

霜月的手又抖了一下。這支隊伍一加一不僅沒有大於二，恐怕還得倒扣成負數啊！

她只能含淚拿著法杖去敲那隻倒楣兔子，但牧師身嬌體弱唯有補血強，要拿法杖敲死人是萬萬不可能的，霜月只能敲一點算一點。

三秒後，兔子又變回死靈法師，召喚出大批骷髏，霜月的牧師被圍了一圈又一圈，本來以爲死定了，結果這時路人英勇登場，揮舞著長刀，像砍西瓜一樣把骷髏全砍了。

他甚至還來得及對牧師施放一個「英勇無畏」，可以暫時免疫所有死靈法術，至此，死靈法師的威脅算是正式解除。

葉千秋趁著這幾秒鐘的空檔吟唱了一個大型法術，可是她一起手，霜月就知道不好，她還來不及打字，巨大的流星火球雨便砸了下來。

敵人被砸掉了半條血，葉千秋自己也僅剩血皮。

「?」

葉千秋一打完這個問號，就被對方的守護者一刀斬了。

蘇輕倒硬是靠著那一點血皮砍死了對方的刺客，只是很快也被死靈法師變成了青蛙，然後被骷髏大軍踩扁，魂歸離恨天。

霜月放棄掙扎了，她把所有魔法都疊加到路人身上，路人知道她的意思，隨即衝到敵軍內大殺四方，最後以讓敵方剩下兩人的光榮戰績掛了。

五人被競技場傳送出來，站在附近的水果攤旁，陷入一片沉默。

水果攤的NPC正不斷地叫賣：

「一顆水果一枚銅幣，血魔全滿沒問題，競技結束後絕佳聖品！」

「來來來，走過路過，千萬不要錯過！」

誰也沒看一眼水果攤，也沒有人說一句話。

最後還是霜月率先打破靜默，「那個路人……不是，離離原上草，你有沒有興趣打明星賽？」

身爲一支距離明星賽冠軍不知道有幾光年的隊伍隊長，霜月很迅速地發掘了一個可用之才。

至少這傢伙有團隊意識，還有單兵技巧，單打、團隊戰都沒問題。錯過了這個機會，可不見得還有下一個了！

「有興趣。」離離原上草很快回覆，「但沒興趣跟你們打，跟你們打不叫明星賽，叫做烙賽。」

霜月臉上抽了抽，「本隊只是隱藏實力。」

「看得出來，連弱智兒童都上場了，這實力隱藏得不可謂不深。」

「你滾！」

「好說好說。」

離離原上草走了，留下風中凌亂的四人。

被說是烙賽……還眞是名符其實。

霜月抹了抹臉，「葉，你們的目標很遠大。」她沒說出口的是：但你們根本做不到。

葉千秋深深嘆一口氣，吃人嘴軟、拿人手短，且別說治病不治病，她現在是不想把筆電還回去了，所以說什麼都得打進明星賽前五名。

「霜月，幫我。」

「怎麼幫啊……」霜月在螢幕的另一端哀號，「距離明星賽只剩一個月，妳說說看，我們這四個人要團隊默契沒有，而單兵能力就別算上我了，恐怕只有妳跟蘇輕。再說，妳連在PK中不能施放的法術都不知道，剛剛要不是因爲妳放的流星火球雨，我們也不會輸得這麼快！」

不是可能會贏，只是不會輸得這麼快。

霜月絕望地想著。

「一時忘記了……」葉千秋弱弱地辯解。

「放棄行不行？」霜月轉而向蘇輕跟黑明說，兩人一劍士一弓箭手，都已經滿等，但一個穿得花枝招展仿若孔雀，一個全身破銅爛鐵，明顯是一窮二白，有什麼就往身上湊。

「行！」

「不行！」

兩個南轅北轍的回答冒了出來，霜月撐著額頭，秀麗的手指敲打著鍵盤，「兩位先商量過再回答我好不好？」

螢幕前的黑明扭過頭，指著雜誌上的明星賽宣傳廣告，「NO車NO救人！」

「車你個頭，想要什麼圖案，我畫給你！」

黑明嫌惡地看蘇輕一眼，「支持正版好嗎？」

「你這個迷戀二次元的動漫宅有什麼資格跟我討論正版盜版！難道你床頭那堆抱枕都是正版嗎？我怎麼不記得這遊戲出過抱枕當周邊啊啊啊啊啊！」

「那好，你找別人治啊。」

黑明只要遇到和自己眞愛有關的話題，智商就會瞬間上升百分之五十。

蘇輕頓時又頹喪了。等他們打進前五，都不知道是何年何月了……他垂著肩膀打字，「霜月大姊，救命。」

「救誰的命？」霜月好奇地問。

蘇輕正想回覆，卻被葉千秋按住了手。她抿著唇，「別把人家牽扯進來。」

蘇輕嘆口氣，運指如飛地敲著鍵盤，他現在嘴砲、PK兩不誤，打字速度都可以去考一張證照了。「霜月大姊，我們眞的誓在必得啊！」

霜月嘆口氣，「葉，妳欠我一頓大餐。」

葉千秋笑了，「妳要吃什麼都可以。」

「那只好展開魔鬼特訓了！十秒後，黃昏峽谷見。」霜月丟出黃昏峽谷的座標，還補上一句，「先說好啊，誰都不准臨陣脫逃，誰敢逃，就算跑到天涯海角我都會去剝了他的皮！浪費老娘的時間可是唯一死罪！」

葉千秋什麼都沒說，按下了傳送卷軸，一道白光閃過，她的人物瞬間消失在螢幕上。

蘇輕跟黑明隨後跟上，蘇輕心裡想著，魔鬼特訓就魔鬼特訓，有什麼好怕的？只要不是叫他去跳點，他還不是游刃有餘，手到擒來？

他還記得之前解情人節任務的時候，被葉千秋拖著跳點，跳到他差點把電腦砸了的往事。要不是帳號被盜了，他還眞想念那套蘇格蘭婚紗套裝。

但人一倒楣，喝口水都能噎死，這就是怕什麼來什麼。

霜月給的座標是黃昏峽谷的……最底部。

他們將遊戲內的視角拉到最高，都還看不見峽谷峭壁的頂端，頓時有種霜月是在開玩笑的感覺。

蘇輕率先劈里啪啦打了一串，「妳在開玩笑吧？這怎麼可能爬得上去！我們玩的是線上遊戲，不是野外生存遊戲吧！」

「我說爬得上去就爬得上去。」霜月氣定神閒，「葉，妳說是不是？」

葉千秋隨即同意。這是某次他們公會團練時發現的地點，爬上這座峽谷之後，就可以使用遠距攻擊狩獵下面的白領熊，跟冰之女王一樣，只要卡好位置，便能輕鬆打怪練功兼聊天，算是半個Bug。

只能算半個Bug的原因是，這座峽谷太難爬了，整個公會中只有葉千秋、霜月、會長，還有幾個有人手把手教的成員能爬得上去。

雖然殺完整個峽谷中的白領熊後，收穫大概等同於五個雞腿便當，葉千秋依舊很少來爬。理由很簡單，太累了，摔下去死亡還會噴裝備，不划算。

「爬這個跟打明星賽一點關係都沒有吧？」蘇輕忿忿不平。

「誰說沒關係？剛剛打競技的時候，葉明明放了變形術，你爲什麼不跟上？這是第一個錯誤。第二個錯誤是，你選錯了對手，刺客跟劍士都是皮薄血少的角色，你跟他纏鬥有什麼用？」霜月問得尖銳。

蘇輕氣呼呼地折磨鍵盤，「那又怎麼樣？我們回去再打一次！妳說的問題我統統都改！」

「這個團隊最大的問題是沒有默契！這樣再打一百次競技場也沒有用。你們給我乖乖爬，爬的時候隨時注意隊員的狀況，這裡跟任務點不一樣，是不限制技能施放的，你們給我一個一個測試，什麼技能救得了隊友，什麼技能會害死隊友。」

「我不要。」蘇輕扭過頭，說什麼都不想爬。他剛剛才嘲笑黑明到海底游一遭都能吐半個垃圾桶，他現在才不要把另外半桶補上。

「好啊，不爬大家就洗洗睡啊，廢柴就是廢柴！」

霜月嘲諷全開，氣得蘇輕用力一砸滑鼠，馬上想使用傳送卷軸飛走，但他一拿下耳機，就聽見葉千秋微微壓抑著的咳嗽聲。

葉千秋因爲心脈受損，氣血運行凝滯，常常整夜地咳。她又不願意示弱，通常都是咬著唇悶聲咳，這聲音，蘇輕再熟悉不過了。

蘇輕心中一澀，重新戴起耳機，「爬就爬吧……」

他率先踩上一塊岩石，催眠自己還是在平地上。眼前的石頭不是石頭，妳說要我爬我就爬，人們說的黃昏峽谷，是我記憶中那一個狩獵的好地方啊啊啊……

「嘔……」

只是催眠無效，蘇輕還是悲慘地補上了另外半桶嘔吐物。

他們爬了一整夜，當天色泛起魚肚白的時候，蘇輕還在跟看不到頂的峽谷奮戰，旁邊的葉千秋已經倦極，裹著毯子在沙發上睡熟了。

黑明的人物剛好掛在峽谷的頂端，他也在椅子上歪歪斜斜地睡著了。

不得不說，蘇輕什麼都行，就是跳點不行，他似乎天生對這個有障礙，跳十次摔九次，爬了整個晚上，還是等不到成功的那一次。

「怎麼，要放棄了嗎？」霜月涼涼地說。

蘇輕吐得渾身發軟，看到頻道裡出現這句話，頓時氣得牙癢。「我快到了！」

「這句話你大概講了九十九次。」霜月惡意地笑著，「沒有破百是因爲我懶得數了。要不要拍我畫的正字記號給你看看？」

「閉嘴！」

蘇輕發狠連跳兩塊大石，然後手一滑，又筆直地掉到峽谷底部，他的人物四仰八叉地躺在地面上，生命值完全歸零。

他狠狠抓起手上滑鼠，又輕輕放下。

葉千秋睡得很熟了。

「唉……霜月大姊，能不能換個訓練方式啊？」他躺在底下，等待霜月再一次輕飄飄地跳下來幫他復活。

但這次霜月沒有馬上復活他，而是站在他的人物旁邊。

「問你一件事，葉她到底怎麼了？」

不管如何掩飾，霜月還是很敏銳地發現，葉千秋本來那種隱隱壓抑著、如火一般的旺盛生命力，已經接近熄滅了。

她曾經不管不顧地在雨中殺向蘇輕，也曾經一個人打倒了世界王，但現在她只是溫順地、安靜地玩著遊戲，她的技巧依舊，但她不再興致勃勃，她只是……活著。

「她沒事。」蘇輕抹臉。

「你知道我跟她一起玩過幾個遊戲嗎？」

「不知道。」蘇輕哂然，「她說不要妳蹚這個渾水。」

「…………………………」

霜月打了一長串的刪節號，下一秒就撥了遊戲內建的視訊電話過來。

她坐在白色的床鋪上，背後靠著一個極大的枕頭，眼神很亮，亮得像是能夠看穿一切的眞實與謊言。她的眉眼都很精緻，還有堅挺的鼻子跟微微上揚的唇瓣。

蘇輕卻一瞬間覺得有點冷，因爲霜月頂著一顆光潔的頭跟他打招呼。「嗨，你覺得我還有什麼渾水不能蹚的嗎？」

她的聲音低啞，似乎很久沒有開口說話過。

「妳……怎麼回事？」蘇輕把電話轉到手機上，走了出去。

「白血病末期。」霜月的聲音從話筒裡面傳出來，清清淺淺，跟早晨的霜露一樣冷，「所以跟我說吧，葉到底怎麼了？」

蘇輕背靠著黑明家的大門，想著籠罩在霜月身上的濃厚死氣，他抬頭凝望黎明曙光，「一時半刻說不清，但大概跟妳一樣吧，離死不遠了。」

「怎麼會？」霜月有些驚訝，「我記得葉年紀很小，才二十幾吧？我想想看……」

「她剛過二十歲生日。」蘇輕打斷霜月的話。「所以救命吧大姊！我們非得打進明星賽前五不可。」

「是嗎……」霜月微微沉吟，「打進明星賽前五又有什麼用？」

「有個神經病醫生說，不想辦法打進明星賽前五，他就不肯治人。」蘇輕挫敗地低吼。這難度實在太高了，他們這一隊是烏合之眾，而只剩不到一個月就要比賽了，現在還在這裡攀岩練默契。

他們眞的拿得到黑明想要的東西嗎？

「我知道了。」霜月嘆了口氣，「看來只能增加訓練強度了。去睡吧，中午前叫醒大家一起上線，我得去找到第五個隊友。」

「妳不用睡嗎？」蘇輕疲憊地伸了個懶腰。

「我？以後還有的是時間呢。」霜月笑著把電話掛了。

第四章

他只喜歡讓葉千秋一個人虐，其餘人等？還是他虐人家有趣多了！

蘇輕托著腮，噘起的上嘴唇碰著鼻子，他百無聊賴地指揮著螢幕上的人物，小輕輕九號。

一整個早上，他已經從小輕輕一號玩到小輕輕九號，不禁懷念起他滿等的劍士。他當初回歸時會直接買了一隻劍士，就是因爲懶得練等，練等既無聊又可憐，滿大街的野生怪都能把他的小輕輕揍得滿地找牙。

「拖油瓶蘇先生，我請問你，你到底想花多久時間把今天的作業做完？」霜月的聲音從群組語音裡面傳出來，她正冷冷地瞪著螢幕上的隊友等級。「不要拿法杖去敲怪，你是牧師，敲到法杖斷掉怪都不會死！用點腦子好嗎？蘇．先．生。」

她看著蘇輕從召喚師、弓箭手、刺客、劍士、法師、守護者、死靈法師、吟遊詩人一路玩到牧師，所有職業全湊滿了。

她是叫他們一次練一隻，不是一次練九隻啊！

「誰是拖油瓶啊。」蘇輕哼了一聲，「等到我九隻角色全滿等的時候，你們才是拖油瓶！還有，我現在沒魔力了，不拿法杖認命地敲，難道怪會自己躺地板嗎？」

「是喔是喔，好厲害喔！你的包包裡面有我寄給你的魔力餅乾，你是不是根本沒打開看？」霜月瞪著螢幕，「重點是——我叫你們去練新人物，是要你們熟悉各職業的技能，你一次練九隻，眞的分得清楚每個職業的特色嗎？」

「當然，我可是天……天才！」蘇輕哼哼兩聲，老子不只是天才，還是天狐咧，說出來嚇死妳！

「那我問你，召喚師三十等的時候，可以召喚幾隻召喚獸？」

「……喂喂喂？網路訊號不好，聲音有雜訊。」蘇輕裝作沒聽到，手上快速地敲下快捷鍵，想切換到遊戲網站去查詢。

「三隻。」黑明輕快的聲音忽然冒了出來，立刻拆了蘇輕的台。

黑明發現自己還挺喜歡玩召喚師的，他正滿山遍野地找一隻最可愛的小貓咪，準備抓起來送給雅美娜。

「賓果。」霜月冷笑一聲，「原來同一條線的通訊品質還會不一樣啊？蘇先生，你不給我把牧師練到滿等，今天就不要睡覺！」

「不睡覺就不睡覺！」蘇輕扭過脖子，氣得哼哼唧唧，繼續折磨手上可憐的小牧師。

他最討厭玩牧師了，打怪特別慢，手裡的小木杖只能補血補狀態，這種後勤角色一點都不適合他。

蘇輕的牧師升等升得好比烏龜爬。

他沒耐性地嗑光了霜月寄來的魔力餅乾，用低等法術在森林裡面烤哥布林，可惜哥布林等級低，燒光了一大片也沒什麼經驗值。更慘的是，蘇輕根本沒有控制魔力消耗量的概念，魔力餅乾一下子就吃光了，他又拉不下臉再去跟霜月要。

「啊啊啊無聊死了——」他煩躁地亂叫，左右張望，黑明的召喚師已經三十等了，正在抓第三隻召喚獸，等到三隻召喚獸全收滿之後，召喚師練等就更容易了。

不行！蘇輕撇撇嘴，他才不要當拖油瓶！

他眼珠子一轉，咚咚咚地跑向黑明所在的那張地圖。沒辦法，還沒十五等，不能用傳送卷軸，看他多麼可憐啊！

小牧師邁著小短腿（還沒有輕靈術可以用來加速），手拿枯木法杖（新手裝備），一路努力奔到了黑明的人物附近。黑明這次看上的是五爪鱷魚，這種鱷魚雖然攻擊力不高，但是移動速度很快，血量又多，是召喚師最好的肉盾。

蘇輕藏在河流裡面，不時地幫五爪鱷魚補個血、上個輔助狀態什麼的，黑明一連抓了幾隻五爪鱷魚都以失敗告終，不是纏鬥得太久魔力耗光了，就是一時失手把鱷魚給殺了。

黑明困惑地抓抓頭，他明明算得好好的，爲什麼鱷魚的血量忽高忽低，讓人沒法準確判斷？

他開了遊戲的官方網站查詢資料，對啊，上面寫著血量一千兩百，大概可以跟自己現在召喚出的小狼犬互咬個三十七秒，那時候鱷魚的血量大概剩下二十左右，是施放捕捉技能的最佳時機。

黑明不明所以，乾脆抓來一張計算紙，刷刷刷地開始寫公式。小狼犬的普通攻擊加上牠身上的裝備加成是……

他才專心致志地算到一半，就聽到旁邊有人憋著笑，他拿下耳機看了一眼蘇輕那邊，毫不意外地看到蘇輕螢幕上的人物正躲在河底的水草中。

「拖油瓶。」

黑明嫌惡地下了結論。

「你才拖油瓶！你全家都拖油瓶！你這傢伙手速慢反應差PK還會緊張！到底誰是拖油瓶啊！」蘇輕氣得上竄下跳。

黑明懶得搭理他，把螢幕轉了個方向，接著彈了一下指尖，設下一個結界把自己包圍起來。結界外頭湧動著墨黑的氣流，蘇輕才摸了一下就感到椎心的疼。

「喂喂喂！要不要這麼狠啊你！」

黑明一句話都沒回他。

可惡啊！要不是大爺我現在被下了禁制，十個結界對我來說還不是跟切西瓜一樣！不是，是跟捏橘子一樣！

被人間某部連續劇情節污染得很徹底的蘇輕，幻想得很愉快。

但現實是殘酷的，黑明就是不理他，那隻召喚師也不知道跑到哪去了。蘇輕垂下肩膀，他實在好無聊啊……

他在座位上扭來扭去，太久沒有從頭練等級，都忘記練一隻角色的過程這麼無聊了。

而且牧師的攻擊速度非常慢，施法之前還要先吟唱咒語，蘇輕覺得他簡直可以睜著眼睛打瞌睡。

蘇輕眼珠子一轉，看向抱著筆電坐在沙發上的葉千秋，偷偷瞄了瞄她所在的地圖，摸了過去。

「幹什麼啊你？」蘇輕的角色剛踏入那張地圖，葉千秋的聲音就傳過來。「不好好把牧師練起來，待會霜月又要生氣了。」

「我管她咧，她是什麼角色？我可是天狐啊！我才不要在這裡練什麼無聊的牧師！」蘇輕罵罵咧咧的。

現在頻道裡面只有他跟黑明還有葉千秋，霜月剛剛說要去睡一會兒。

「那就別練了，明星賽也別打了吧。」葉千秋放下滑鼠，看著螢幕上的小輕輕九號。

她不知道蘇輕到底在執著什麼，她自己都放棄了，蘇輕卻還能想盡辦法找到這樣一個據說是神醫的人來。

「不可以！」蘇輕想也不想地反駁，「姜公說他行，他就行。」

黑明涼涼地回了一句，「我不行，治人我可沒成功過。」

「你滾！你不是聽不到？你才是拖油瓶！有種就出來啊！躲在結界裡面像什麼樣子？我跟你說，大爺我先讓你三招啦！」

召喚師黑小明退出了隊伍頻道。

「啊啊啊！」蘇輕猛地撲上去對著結界又抓又咬，然後被刺得滿身是傷，活像出麻疹。

「你這個白痴。」葉千秋用一種無可救藥的眼神看著蘇輕鬧騰。

「嗚嗚嗚……」蘇輕指使著螢幕裡的牧師滿地打滾。

葉千秋不理會他，霜月可沒忘了給她功課，她正在想辦法把自己的守護者練起來。說實話，這種職業她也很不擅長，她實在不習慣拿把大刀就硬上，雖然血多防厚，但是擋不住野生怪的凶猛啊……

藥水錢如流水一樣嘩啦啦消逝，要不是霜月先寄了一打藥水來，她恐怕得先開法師賺錢了。

蘇輕的人物垂頭喪氣地跟在葉千秋後面，偶爾偷幾隻小怪吸一點經驗值，升等升得其慢無比。他磨磨蹭蹭地繞圈，兩人都沒有說話，竟然有種當初在遊戲裡相見不如不見的感覺。

「蘇輕。」葉千秋忽然叫了他的名字。

「啊？」

「我們只是在白費力氣，不是嗎？」

葉千秋輕輕地說了一句。那時候，他們一起站在冥界鬼主的影身前，可就算是一百個他們加在一起，都毫無抵抗之力。

那還只是影身而已。

冥界鬼主對她異常執著，他都可以花二十年養一隻鬼子來當疫鬼預備役了，又怎麼可能容得下有人從他手裡搶走棋子？

「記得嗎？妳曾經問過我，命運是什麼。」蘇輕不答反問。

「那只是大話罷了……」

「說實話，我和妳比起來，可能沒有好上一丁半點，妳還有掙扎過的二十年，我卻只有出生時看到的那一眼花花世界，以及千年的地底歲月。」

蘇輕的不甘從話語中淡淡透露出來。

「我不只一次想過，如果我那時候沒有低下頭，跟著那群鳥人走，是不是就可以有不一樣的命運？」

「我們都沒有選擇。」葉千秋搖頭。

「對，我不走，就會死。」蘇輕坦然地聳肩，「我承認我怕死怕得不得了，不然也不會在幽冥地底一蹲就是一千年，卻連他媽的到底犯了什麼錯都不知道。但我現在發現，我有更害怕的事情了，我怕我後悔。」

「後悔跟不後悔都是殊途同歸。」葉千秋不知道自己到底希望誰能說服誰。

「不。如果我們終究要一死，我希望我在閉上眼睛的那一刻，內心能是坦然的。」蘇輕意氣風發，葉千秋抬起頭，看到蘇輕對著自己笑。

他眞的很好看啊……

九尾天狐的原形那麼好看，化爲人身後也是毫無瑕疵。他身上還帶著獸的氣息，微微上揚的眼尾、薄薄的唇瓣、如玉般的臉龐，當他狡黠地看著人時，就像是身後有無數條尾巴正在拍打地面一樣。

葉千秋一瞬間有些恍神了。

「而且，怎麼會殊途同歸呢？」蘇輕笑得很愉快，「鳥人說過，會把妳的魂魄撈起來讓我裝在球裡玩。小千秋，妳說說看，妳喜歡玻璃球呢，還是水晶球？不然爲了妳打造一個鑽石的也可以。凡人總說鑽石恆久遠，妳也喜歡嗎？」

「……」

葉千秋覺得自己的腦子肯定是壞了，才會覺得這傢伙好看。

她冷靜地按下技能組，一個完美的三連招筆直奔向蘇輕的小牧師，小牧師慘叫一聲，毫無懸念地倒地了。

蘇輕嘿嘿嘿地笑著，看著葉千秋氣得抱起筆電上了二樓，心滿意足地重生回城，繼續去折騰這隻倒楣透頂的牧師。

今天滿等是吧？

滿等這種事情對本大爺來說還不是小菜一碟、蛋糕一塊！

哼哼哼哼，蘇大爺要發威啦！

「吃我一記破軍箭！」蘇輕大喊出聲，操縱著小法師在競技場的地圖中打了一個滾，朝對面的牧師拉開魔法水晶弓，咻咻咻地連射三箭。

見對方的牧師應聲倒地，蘇輕咧開嘴，但下一秒，霜月無情的聲音響起，「破軍箭不是這招，破軍箭是扣防禦的，你剛放的是冰錐矢！黑明，下降一公分。」

黑明彈彈手指，他的召喚獸在場中左右夾擊一隻性命垂危的刺客，而蘇輕的慘叫聲響了起來，原因是他的頭上有隻不斷扭動的毛毛蟲，正緩緩地從天花板垂降下來，距離他的頭頂只剩十公分。

「喂喂喂！你們要不要這麼狠啊？我明明就殺了對面的牧師！」蘇輕一邊慘叫，一邊試圖讓自己盡量縮進椅子中。

該死！他堂堂天狐，怎麼會怕沒有骨頭的軟趴趴爬蟲類！

嗚嗚嗚，可他就是害怕啊……

都是霜月，說什麼要讓他們更熟悉各職業的技能，竟然要求他們打競技場時要喊出招式名稱，眞是蠢到家了。他招式都還沒記全，哪有辦法一邊PK一邊喊啊？

更讓他氣得牙癢癢的是，沒想到黑明花了整整三天，現在還眞的把召喚師玩得風生水起，一直聽他在頻道裡面喊：「黑豹上、犀牛上！」

「這不公平啊！黑明的技能簡單多了！」蘇輕哇哇叫著，試圖上訴。

「哪裡不公平？人家連被動技能都背起來了，你呢？不要以爲我沒看到你剛剛偷放水晶護盾！黑明，再降一公分！」

「靠靠靠靠……靠北邊走啦！那又不是放在敵人身上的，喊出來幹什麼？」

「你有沒有發現你的魔力快見底了？」霜月冷冷地回答，「魔力全乾的法師在場上就是廢物！你敢讓你的魔力全乾，今天就給我頂著那隻蟲練習！」

「嗷嗚——」蘇輕乾脆蹲在椅子上仰天學狼叫。

「葉，這傢伙有病嗎？」霜月按著耳機，蘇輕吵得她頭都疼了。

葉千秋忍不住低低笑著，「他哪天正常了才是生病。」

「說人壞話也不用這麼光明正大吧！看我的連環雷！」蘇輕纏上對面的劍士，伸長雙手滋滋滋地電著對方。

「又錯！是九環雷！再一公分！」

「上訴上訴！只差一個字，不要算喊錯啦！」蘇輕緊張地大吼，他已經可以看到頭上那隻毛毛蟲身體表面的毛了。

又肥又嫩，捏下去還會爆漿，蘇輕覺得自己快瘋了。

「上訴駁回！黑明，讓召喚獸使用自爆，蘇先生，你的法師快放大範圍法術！」

黑明跟蘇輕聽從霜月的指示，很快按下對應的技能，雖然蘇輕的雷霆萬鈞是全範圍攻擊，但是對方全滅之後，他們四個隊員中還有三個保留著一層薄薄的血皮。

「贏了贏了！」蘇輕手舞足蹈，「黑明，快把那隻該死的毛毛蟲拿走！」

「不行，你的魔力值乾了，記得我剛剛說過什麼吧？」

「喂！還有這樣的？剛剛不是妳叫我放大範圍法術的嗎？」蘇輕氣得想一蹦三尺，但又顧忌頭上的毛毛蟲，只能對著耳機大吼大叫。

「葉，虧妳受得了他。」霜月嘆息，「黑明，行刑開始。」

「是！」黑明憋著笑，一彈指，毛毛蟲就落到蘇輕的頭上，蘇輕瞬間從椅子上彈起來，邊鬼叫邊往深山裡面跑去，哀號聲餘音不絕。

「葉……我覺得我的耳朵要聾了。」霜月抱怨著。

「他是有一點吵。」葉千秋好笑地點點頭，看著霜月分別和他們進行交易，把練等所需要的補給品交給每個人。

「黑明，你改練刺客。葉，妳接著黑明的召喚師玩玩看。」霜月分配好之後，又嘆口氣，「你們怎麼忍受得了蘇輕？」

「不能忍也得忍。」葉千秋笑笑地說，忽然又感覺有些淒涼。她身邊除了紅鬱以外，也就只有蘇輕了。

「好了，黑明不准把打到的寶石都送去給雅美娜，那是要拿來鑲嵌防具的。」霜月看著小地圖上黑明移動的方向，心分二用地指揮著。

「我打到了三顆……」

「一顆都不行！」霜月毫不留情地下達禁令，想了想，又補上一句，『但是白水晶可以。反正那個賣不到什麼好價錢。』

黑明沒說什麼，只是人物馬上像砲彈一樣彈了出去，霜月又是一陣嘆息。這到底是怎樣一支小白隊伍啊？

「葉，我覺得我任重而道遠。」霜月認眞地說著。「你們練吧，我有點事。」

「好，上來再打語音給我。」

「嗯。」

霜月掛斷語音電話，看著床邊護士無奈的表情，吐了吐舌頭。

「別念啦！我這不是關了嗎？」

護士小姐插腰瞪著她，「方小姐，癌症病患最需要的就是休息，妳不要以爲我不知道妳昨天晚上又玩通宵！」

「我哪有……」霜月伸出手，毫不在意地讓護士小姐抽出三大管的血，又抓起鐵盤裡的藥丸，倒豆子似的倒進嘴裡，三兩下全吞了。

「要不要看晚班護士的交班記錄？」護士小姐氣呼呼的，「妳都病成這樣了，還能整夜地玩，是嫌藥吃得不夠多嗎？我再幫妳加一顆安眠藥好了！」

霜月立刻搖手，「好好好，我今天晚上十二點就睡，保證比小學生還早就寢。」

「十一點！」

「十一點半啦……小學生寫完功課哪有這麼早？」

「那加半顆好了。」護士小姐拿起電話，準備打給主治醫師。

「好啦好啦……」霜月往後仰躺，藥效開始發揮，她的腦子一片混沌，沉入黏糊糊的夢境中。

這種感覺無論經歷過幾次都還是很糟，彷彿電腦在一瞬間被按了關機鍵。

她知道自己很瘋狂，明明只剩下不到一年的壽命，還全心全意玩著虛假的線上遊戲。

但除此之外，她又能做什麼？

她的病情已經沒有好轉的可能了。

她連走出這間病房的力氣都沒有，更別說去完成什麼在人生最後要做的事情。

她已經病了很久，不斷地出院、復發、入院，幾乎耗掉了她所有時間。
究竟有多久了？
至少三年了吧？
困在這樣孱弱的身體裡、這樣蒼白的病房內，她終於快要能夠解脫了吧？
霜月閉上眼睛，失去所有知覺，陷入深深的黑暗之中。

一個禮拜後，黑明、蘇輕、葉千秋三人總共練了九隻滿等人物。蘇輕雖然只貢獻了兩隻，但被毛毛蟲、蟋蟀、螳螂、蜈蚣等各色昆蟲輪番嚇過一遍後，他光聽技能的施放音效都能夠背出招式來了。
不僅如此，每一招所需的魔法值跟傷害，蘇輕都能倒背如流，至此，霜月才總算勉強點頭。
「本來想讓你們每個人都練滿九隻的……」她還是不甚滿意，「沒有仔仔細細地打磨過每一個職業，臨戰的時候一定會有疏漏的地方。」
「拜託！」蘇輕沒好氣地回她，「九隻就練一個禮拜了，二十七隻妳是打算要我們練多久？等到全部練完，明星賽也差不多要開始了。還是——妳所謂的魔鬼特訓就這樣？」

蘇輕努力地想激怒霜月，只是司馬昭之心，路人皆知，他根本只是害怕要繼續練角色。

「嗤。」霜月懶得搭理蘇輕這個幼稚鬼。「今天放你們一天假，咱們去殺世界王。妖森鏡中宮殿集合，水啊、麵包啊、餅乾啊都給我帶齊全，廁所也給我去上一上，這隻妖王至少要殺一個小時。」

「請問霜月大姊，您缺錢嗎？」蘇輕困惑地問。

「缺你個頭！」霜月嘆口氣。「你不要以爲誰都跟葉一樣好嗎？每一隻BOSS在她眼裡都是白花花的新台幣。」

「喂！」葉千秋出聲了。「背地裡說人壞話是不道德的。」

「我們有背地裡說嗎？」蘇輕笑嘻嘻地說，「霜月大姊，您眞是了解葉千秋。」

霜月哼哼兩聲，「拜託，我跟她一起玩過十幾款遊戲，還不了解她嗎？全世界最了解她的人，說不定就是我了！」

蘇輕本來愉快地笑著，聽到這句話忽然覺得不對了。「最了解她有什麼用？她現在裹著一條兔子毯子，頭上還戴著兔耳朵帽呢！」

「拍張照片來瞧瞧。」霜月不以爲意，放聲大笑，「那女人扮兔子能看嗎？」

葉千秋抹抹臉，一個蘇輕能抵十隻鴨子，一個霜月也能抵十隻鴨子，但是一個蘇輕加上一個霜月抵得上一百隻鴨子，吵得要命。她嘆口氣，「黑明，有沒有興趣打蜘蛛女王？打到毒囊的話我們五五分。」

「我不要毒囊，我要蜘蛛女王的髮飾。」

「你要那個幹麼？那個不能交易。」

「可以送人。」黑明又笑得一臉純情。

「喂喂喂！」霜月聽他們兩個越說越起勁，趕緊對著耳機大喊，「我說要打妖森王是有原因的好嗎？妖森王會掉妖之心，每個人裝備之後，可以額外多一點的智慧。」

「多一點智慧可以幹麼？」蘇輕不恥下問，事實上是因為他根本懶得查。

「你這麼笨，多一點智慧不好嗎？」霜月諷刺地說。

「誰笨了啊臭女人！」蘇輕磨著牙齒，每個人的耳機中都響起刺耳的聲音。

「好了！」葉千秋大喊一聲。她是不是看錯了霜月？這傢伙一遇上蘇輕就好像火苗遇到炸藥，劈里啪啦炸個沒完。「現在全部都到鏡中宮殿前面集合！」

四個人一下結盟一下窩裡反，吵個沒完沒了，一路帶著噪音闖進妖森王的宮殿裡。他們這次操縱的都是自己原本滿等的角色，宮殿裡頭的野生怪剛好讓他們一邊吵架一邊痛扁。

妖森王不是不好推倒的世界王，只是煩人。

他會在血量低於三分之一時，打開四個傳送門，橫亙在自己與玩家面前，組隊的玩家們只能選擇一個傳送門進入，猜對了，就能通過傳送門，繼續對門後的妖森王施放攻擊，要是猜錯了，玩家就會如穿越時空一般回到一開始，妖森王恢復滿血滿魔的狀態，每每讓人氣得想砸電腦。

蘇輕一行人就在這種全憑運氣的情況下，刷了妖森王一遍又一遍。

他們還得替那還不知道在哪裡的第五個隊友刷妖之心，原本大家都是興致高昂，能賣的東西全給了葉千秋、能送的全給了黑明，霜月跟蘇輕你一句我一句的，沒工夫管別的事情。

但刷到第八遍的時候，幾個人都是面有菜色。

連霜月都猶豫要不要放棄了。

「這一點智慧也不是那麼重要……」

「不行！」這次堅持的反而是蘇輕了。他率先裝備了第一個妖之心，體會到多了一點智慧的好處，連人物的天賦技能點都多了兩點可以運用，他說什麼都要把妖之心當成全員基本配備。

「……算你狠！我十分鐘後再上線！」霜月匆匆退出遊戲，把筆電藏在被子裡，做賊似的等著值班護士來查房。

沒辦法，蹲大牢蹲久了，連獄卒幾點要來都一清二楚了。

最後，他們一共刷了十二遍。

當第五顆妖之心從妖森王身上爆出來，在地上閃閃發亮的時候，幾個人都有種今夕是何夕的感覺。

「我可不可以……」黑明怯怯地開口。

其餘三個人異口同聲地吼了他，「絕對不行！」

「喔。」黑明只好老老實實地裝備上去。

「大家都下去休息吧。」霜月的聲音裡頭透著藏不住的疲憊。天色已經微微亮了，十二遍，十二個小時，他們從前一天的黃昏刷到今日的天明。

「我說，霜月大姊啊……」蘇輕拉長了尾音。

「幹麼？」霜月有種不好的預感。

「雖然說大姊您也不是多麼國色天香，但我想這麼晚睡的話，肯定不只是多長皺紋了，恐怕還會皮膚乾燥、膚色暗沉、氣血不順，說不定還會便祕長痔瘡啊……」蘇輕語重心長地說著。

「眞是謝謝你的關心啊。」霜月冷笑一聲，切斷了語音通話。

她往後一躺，蒙頭大睡。

拜託，她連頭髮都不剩了，還在乎臉皮上有幾條皺紋嗎？

呿！

蘇輕嘿嘿笑著，拿下耳機，他確定自己腦子沒洞了。他就只喜歡給葉千秋一個人虐，其餘人等？還是他虐人來得有趣多了！

他看了看四周，原本盤腿坐在沙發上的葉千秋已經不見蹤影，只剩下黑明歪歪斜斜地坐在椅子上睡著了。

去哪了呢……

去睡了嗎？

他往二樓走，本來想跟葉千秋說他要去之前打工的店裡一趟，拿他上個月的薪水，卻聽到隱隱壓抑著的嘔吐聲。

他一愣，三步併作兩步往上跑，焦急地敲著葉千秋的房門。

「喂喂！妳怎麼了？吃壞肚子還是胃疼啊？」

葉千秋嘔吐的聲音越來越劇烈，在暫歇間虛弱地說了一句，「沒事，你不要問了，我沒事……」

蘇輕在門口直跳腳，「我哪可能不問！妳快開門就對了！」

回應他的是更激烈的嘔吐聲，還有重物墜地的聲音。

蘇輕急得顧不了太多，運起低微得可憐的靈力直接撞上木門，卻瞬間往後倒退三步，撞得頭暈眼花。

哎唷喂呀我的媽……黑明這門拿什麼天材地寶做的啊？

蘇輕甩甩頭，還是不屈不撓地往前撞，但這次他才剛撞上就被拉住了。

「那個……有種東西叫鑰匙。」

黑明怯怯地在蘇輕眼前晃著手上的鑰匙。他是不是妨礙了蘇輕跟一扇鐵杉木做的門較勁？

蘇輕一把抓過鑰匙，「我這不是一時沒想到嗎？」他手忙腳亂地插進鑰匙，打開了葉千秋的房門。他本來還有點逃避地想著，葉千秋應該是吃了什麼不新鮮的東西，才會吐得稀里嘩啦。

但房門打開之後，只是一眼，蘇輕就體會到凡人說的渾身發冷是什麼意思。

葉千秋側身躺在木頭地板上，黑色長髮披散，緊緊閉上了眼睛。除了臉頰到腰間那一大灘怵目驚心的紅以外，她的眼角、鼻尖、耳垂也不斷地溢出鮮血。

第五章

他到哪裡都沒有自由，待在幽冥地底裡跟待在她身旁幾乎沒差別。
只有一個微小的差別，待在她的身旁，他比較開心。

葉千秋的狀況已經不能等了。

蘇輕衝進房間的時候，幾乎不知道該怎麼碰觸她，她一身的血，原本穿著的白色運動衣前襟一片鮮紅，下襬的部分則像是花瓣一樣，灑著點點豔紅。

蘇輕覺得自己從來沒看過這麼鮮豔的顏色。

他顫抖著手，完全不敢觸摸她，他好怕葉千秋就這樣死去了。他甚至不敢確認葉千秋是不是還有呼吸。

這時候，原本站在門邊的黑明反倒果決地推開了蘇輕。他最見不得家屬這樣拖拖拉拉，拖拉如果能夠治得好病人，那也不需要醫生了。

他一走進房間就立刻釋放出妖氣，一瞬間裹住葉千秋的全身，葉千秋慢慢地從地面上飄浮起來。

一被黑明移動，她的眉眼馬上緊緊皺在一起，口中發出微微的呻吟，顯然即使已經昏迷仍承受著莫大痛楚。

她還活著！

蘇輕剛放下心來，又對著黑明發怒，「你想對她做什麼？是想弄死她嗎！」

黑明不理會他，將渾身妖氣擴張到最大，慢慢探入葉千秋體內，而後越看越覺得不對勁，於是悶聲開口。

「你們到底怎麼回事？她的五臟六腑都衰敗到不可思議的地步，根本早該死了！你爲什麼沒有先跟我說？是不是想害死她……哎！你們眞是……」

黑明急得訓了蘇輕一頓才意識到，好像是他自己堅持要打完明星賽才肯治人的……

只是他幾乎沒有治療過凡人，又怎麼會知道葉千秋已經衰弱至此？也才會誤判狀況，讓葉千秋在自己的眼皮底下一天虛弱過一天。

「我……」蘇輕無法辯解，他知道葉千秋情況並不好，卻不知道已經到了這種地步。他本來以爲，葉千秋還能等，等他們完成跟黑明的約定。

蘇輕艱難地開口，「明星賽的獎品我一定幫你拿回來，你……先救救她好不好？」

他微微顫抖著，問得小心翼翼。他不知道如果黑明拒絕自己的話，他該怎麼辦？難道要眼睜睜看著葉千秋死去嗎？

黑明咬住下唇，看著蘇輕的眼神，半晌才猶豫地開口：「不是我不治，是我眞的沒治過人類……你確定要把葉千秋的命賭在我身上？」

黑明知道妖族總喊他神醫、怪醫，但沒想到蘇輕當眞了。

其實也只是妖怪們皮糙肉厚，比較經得起他的折騰罷了。

蘇輕苦笑，一臉憂傷，「我們還有別的選擇嗎？你剛剛不是說了，她根本早該死了……」

「哎！我知道了！」黑明一咬牙，賭就賭吧，現在也只能死馬當活馬醫了。

他把葉千秋往前遞，蘇輕立刻從黑明的妖氣上接過葉千秋，跟著黑明一路走到了後院。後院裡有一道通往地下的階梯，他們往下走了兩層，冰冷的溼氣撲面而來，黑明熟門熟路地按下電燈開關。

蘇輕眨了幾下眼睛，才適應陡然亮起來的光線。

「這裡是哪裡……」蘇輕困惑地開口。這裡看起來像是人類的醫院，牆上掛滿了各種手術刀以及器具，白色的床鋪上放著一件綠色衣袍。

黑明有些不好意思，「這裡是我的私人醫院，就只有一個病床。」

「但這不是用人類的醫療技術可以解決的……」不然他們何必拖到現在？人類的醫院還有健保呢！蘇輕一邊狐疑地看著黑明，一邊按照黑明的指示，把葉千秋放到房間正中央的床鋪上。

「我知道。但人類遇上無法解決的難題時總喜歡東西結合，那我們就把人類的醫術與我的妖力結合，試試看吧。」

「葉千秋不是用來實驗的白老鼠！」

「不然你另請高明？」黑明的眼神亮了，如果可以，他並不想接下這件沒把握的差事。他打開巨大的銀色冰櫃，在裡面翻翻揀揀，挖出兩包顏色迥異的血袋。

「……拜託你了！」蘇輕最終還是低下頭。

「好吧。那你選唄，看要飛頭蠻的血還是火鼠的。」黑明垂頭喪氣，認命地準備開始工作。

蘇輕接過這兩包顏色詭異的血袋，飛頭蠻的血是湛藍的，火鼠的血則是紫青色。他忍無可忍，吼道：「你能不能靠得住一點啊！她是人，凡人！」

黑明委屈了，「我跟你說過，我不醫人！我這裡從來沒有過凡人病患，又怎麼會儲存凡人的血？你要麼現在選一包，要麼就看著她失血而亡！」

「這血輸進去眞的沒問題嗎？」蘇輕猶豫地把飛頭蠻的血遞回給黑明。至少飛頭蠻還有個人形，火鼠聽起來就距離凡人有十萬八千里遠。

「她如果眞的只是普通凡人，早就死得不能再死了，哪裡還輪得到我們在這裡浪費時間？」黑明抓起那包藍色血袋掛到點滴架上，俐落地接上針管，湛藍的血珠慢慢順著導管往下注入葉千秋體內。

「說的也是……」蘇輕頹喪地坐在床沿，緊緊握著葉千秋的手。他消沉了一會兒，又咬牙切齒，「醫死了她我就掐死你！」

「難怪這年頭沒人要當醫生，家屬要是都像你這樣，醫生有十條命也不夠賠。」黑明嘟囔著表示不滿。

「我……」蘇輕噎了一下，想想也是，葉千秋本就離死不遠，拿飛頭蠻的血還是火鼠的血又有什麼差別？他深深嘆口氣，決定還是先做好去冥河撈葉千秋魂魄的打算。

但他看著葉千秋的臉龐，又感到深深的不捨。

靈魂虛無縹渺，不須睡眠、沒有食慾，更沒有實體，那時候的葉千秋別說打電動了，連按一下鍵盤都很困難。

葉千秋這樣驕傲、獨立，到時眞的願意永遠依附著他生活嗎？

他低下頭，內心紛亂無比。生者逝去的時候，都會有引魂使者前來接引，那他是該攔阻，還是默默目送？

他胡思亂想著，在這期間，黑明做完了一切緊急處理。他擦擦額上的汗，坐到另外一張椅子上，「她的狀況很不好，三天內要把她的五臟六腑全都換掉，不然你就等著替她辦後事吧！」

蘇輕還沉浸在自己的思緒中，「三天後要辦她的後事？等她靈魂離體，我再問問看好了……等等！你說什麼？還有三天的時間？」

蘇輕立刻扭頭看向葉千秋，沒想到，輸了飛頭蠻的血之後，葉千秋的臉色還眞的一點一點好了起來，連緊緊皺起的眉頭都慢慢舒展開了。

「是只剩三天了。」黑明疲憊地糾正蘇輕。事實上，他知道葉千秋的難關才剛剛開始。

「總歸是個希望。」蘇輕揉揉太陽穴，終於有種鬆了口氣的感覺。他牽起葉千秋的手，把她白皙的手放在自己的雙手中，感受著那一點微涼的體溫。

還好，妳還活著……蘇輕心裡眞是說不清道不明的複雜。

其實葉千秋死了，對誰都好。

她現在死了，就不可能成爲疫鬼，就能眞正從束縛她二十年的命運中掙脫出來。而蘇輕自己是天狐，區區生與死的界線，對他來說並不算什麼，更別說他還有鳥人的親口承諾。

葉千秋死了，他們就能夠眞正永遠不分離。

但……他還是說什麼都捨不得。

葉千秋畢竟是人，她終究有活著的權利，要不要死，該讓她自己決定。

「我說的話你到底有沒有在聽啊！」

黑明的怒吼聲忽然在耳邊響起，蘇輕摀著耳朵往後跳，「聽到了啦！你喊這麼大聲幹麼？」

「誰叫你一副色瞇瞇的樣子盯著我的病人？而且我講好幾次了！」黑明一臉委屈，眼看蘇輕終於回神，他趕緊再次交代，「快去吧！記得年紀不要太大，太老的沒用。」

「去哪裡？」蘇輕不明所以。

「你不是說你聽到了？」蘇明沮喪地嘆氣。

蘇輕受教地低下頭，表示懺悔。「請黑大師開示。」

「我叫你去抓幾個我的觀察對象過來，我要幫葉千秋換掉體內的五臟六腑。男女不拘，但太肥的不要，油脂太多，處理起來很麻煩。太老的也不要，免得壞得太快，我十年後還得再忙一次。太小的也不要，唔……十二歲以下的不要好了，還沒成熟也有風險。」

黑明劈里啪啦說了一串，這次他盯著蘇輕的眼睛，確認對方有聽進去，以免待會還要再講一次。

「等等等等一下！」蘇輕這次終於聽懂了，頓時臉色發白，「你說的觀察對象，該不會是指我們前陣子放生的那群活人吧？」

「嗯。」黑明頷首。

「我才不要！」蘇輕猛地跳起來，比手畫腳，好不激動。「那是大活人欸！心啊肝啊腎啊，都被你挖走了，他們還能活嗎？」

「挖腎的那個可以。」黑明認眞地給了答案。

「其餘的呢？」

「豬隻的我沒用過，也沒把握喔。」黑明恐嚇他，「不然你去抓幾隻妖怪，妖怪的生命力強韌，少了一個器官應該不會當場死翹翹。」

「這到底是哪門子的邪魔歪道啊！」蘇輕大叫。

「Organ transplant。唔？不懂嗎？那我翻譯一下，中文應該叫器官移植手術……」

蘇青狠狠一抹臉。「用我的行不行？」反正他是天狐，少個心肝脾肺腎的，應該、應該不會死吧……

「不行。」黑明搖搖頭，「天狐的靈氣太過霸道，你想害死她也不用這麼麻煩。」

「那如果是你的……」

「難道你來開刀？」

「啊啊啊！」蘇輕抓亂了一頭白髮，「難道我眞的要變成一隻喪失理智的壞天狐嗎？」他哭喪著臉。

黑明只是攤了攤手。

「好吧……」蘇輕垂頭喪氣，邁開步伐就想往外走，手卻突然被緊緊抓住。

蘇輕回頭，看著床鋪上的葉千秋。葉千秋還很虛弱，她張了張口，發出的聲音是啞的，因爲整個喉嚨都受損了，嗓音乾澀無比，但她黑白分明的眼睛非常執著地看著蘇輕。

蘇輕彎下腰，安撫地拍了拍葉千秋的腦袋，「沒事，我不會讓妳死的。」

葉千秋卻用力地抓著他，用力到指關節都泛白了。她嘶聲說：「不……我不許你們這樣做……」

「哎。」蘇輕心疼地反握住葉千秋的手指，「我也不想。但黑明說了，沒有別的辦法，妳的五臟六腑全壞了，連心脈都即將斷裂，妳這不是要進廠維修，是要全面換新啦。」

葉千秋艱難地搖頭，她死命地壓下滿腹翻騰的血氣。「我……當了一輩子的鬼子，就是爲了成就一份私心，那你們怎麼可以因爲私心，讓別人也當我的鬼子……」

她幾乎氣紅了眼眶。

不是她聖母，不是她不想活，可是她已經太過理解這種滋味，又怎麼能自私地將痛苦加諸於他人身上？

再說，她終究會死，何必去拖累別人。

「你們如果堅持要這樣，我寧願死……」葉千秋狠狠地說著。

看著葉千秋慘白的小臉，還有死死不肯放開自己的手，蘇輕心裡一軟，坐到床沿，撫摸著葉千秋的臉頰。「好吧……妳說什麼是什麼。」

他不知道自己心裡是不是鬆了一口氣。

不過要他去做這種事，他還眞的下不了手。雖然如果葉千秋想要，硬著頭皮他都會去做，但既然葉千秋寧死也不肯，他又怎麼能違背她的意願？

「這下子可以考慮怎麼辦後事啦。」黑明把腦袋湊過來。「火葬還是樹葬？這裡離海邊有點遠，不然也可以考慮海葬。」

不用動手術，他還是有點高興的。再說，生死是自然法則，醫者該學會的第一件事，就是放手讓病人走。

葉千秋微微笑了，鼻下滲出鮮血，蘇輕嘆口氣，輕輕用袖子替她擦了擦。只是擦了又擦，源源不斷，葉千秋乾脆拉下蘇輕的手。

「別忙了。」她往後倒，靠在枕頭上。「先說好啊，隨便找顆玻璃珠就行了，鑽石什麼的實在太奢華了，我怕我住不習慣。」

蘇輕一下又一下地順著葉千秋的髮絲，將她的長髮塞到耳後，看見耳垂也開始流出鮮血。他的手有些顫抖，他不知道自己該做什麼，葉千秋或許已經坦然接受了，那他呢？

他彎了彎嘴角，「妳說玻璃珠就玻璃珠。」

黑明有些不忍，他站起來換了一包飛頭蠻的血，悄悄往後退。葉千秋衰敗的速度比他預計的還快，她自己又無心掙扎，或許，就這兩天了吧？

他走出去，輕輕關上地下室的門。

葉千秋斷斷續續的歌聲從身後傳來，她在唱歌給蘇輕聽。

哭過的眼看歲月更清楚
想一個人閃著淚光是一種幸福
又回到我離開家的下午
你送著我滿天葉子都在飛舞

黑明預料的沒錯，葉千秋確實快死了。
兩天內，她的身體機能急速衰敗，連呼出的氣息都混濁不已，她的瞳孔逐漸失去光彩，很快就完全看不見了，聽力也逐漸衰退。
蘇輕寸步不離地守著她。
他一直緊緊握著葉千秋的手，在她的耳邊說話。
葉千秋並沒有拒絕蘇輕的靠近，她已經活得太過疲累，總是希冀不可能得到的情感與溫柔，卻又一次次地失望、落空。
她曾經不只一次希望蘇輕離開她。
或許那樣子蘇輕還能夠活下去，不會步上紅鸞的後塵。但蘇輕不肯走，蘇輕說，他們都是一樣的，他到哪裡都沒有自由，待在幽冥地底裡跟待在她身旁沒有什麼差別。

只有一個微小的差別，待在她的身旁，他比較開心。

蘇輕說這句話的時候，臉上帶著一種意味不明的笑，看著她。

所以現在，葉千秋沒有推開蘇輕，她靠在蘇輕身上，鼻尖嗅到的除了血腥氣味以外，還有天狐乾淨的氣息。

天狐哪……

第一次看到蘇輕的眞身時，她就覺得蘇輕大概是世界上最漂亮的生物。雖然她嘴硬說了自己比較喜歡貓，但那隻巨大的天狐卻站在夜晚的風中，溫柔地低下頭看著她。

她一輩子都沒有辦法忘掉這個畫面。

葉千秋想到這裡，怔怔地伸出手，「你還在嗎？」

「嗯。」蘇輕摩娑著葉千秋的頭頂，他摸得很小心，可葉千秋的髮絲還是不斷地飄落到床鋪上。「我一直都在。」

葉千秋微微彎起嘴角，「再變一次好不好？」

蘇輕什麼都沒問，別說葉千秋不只一次提過想再看一眼他的眞身，就算現在葉千秋要天上的月亮，他都會幫她摘來。

他把葉千秋輕輕放平，站到一旁，沉默地現出眞身。雖然因爲現在靈力低微，大概也就比一隻大狗還大一些而已。

他一躍，跳上了床，把腦袋擱在葉千秋手裡。

葉千秋笑了，她什麼都看不見，但她摸得到蘇輕，蘇輕溫暖的皮毛在她的指間，她微微嘆息，「蘇輕，你眞好摸。」

蘇輕趴了下來，腹部靠著床鋪，口吐人言。「多摸一點，等到靈魂離體妳就摸不著了。」

葉千秋又嘆氣，「好可惜啊，只好努力一點記住這種感覺了。你說，人死了以後是什麼感覺？」

蘇輕拱了拱葉千秋的手心，「別怕，我會保護妳。」

葉千秋緩緩呼出一口氣，「不，我不怕。」她艱難地走在人生的道路上，長期以來在可能成為疫鬼的恐懼下活著，從來沒有一日鬆懈過。

她現在環抱著毛茸茸的蘇輕，生命如風中殘燭一般，即將熄滅，卻感到無比的放鬆。她的生命一旦結束，長久以來的恐懼也會隨之消失，這一切再好不過了。

「遇到你，很好。」她輕輕說著。

蘇輕心裡一酸，一瞬間竟不知道該說什麼。他理解葉千秋的坦然，卻仍然眷戀不捨。葉千秋說遇到他很好，那她知不知道，如果他的一生是漫長的漆黑旅程，葉千秋就是旅途中唯一的一盞光亮。

「冥河裡面幽深且冷，但妳不必擔心，我很快就會把妳撈起來。冥界鬼主恐怕會大怒吧，不過烏人親口向我承諾過，想必不會失信於我。」蘇輕的話音很輕，他說得極慢，希望葉千秋能聽清楚。

他不知道他反覆地要葉千秋別怕，是眞的擔心葉千秋會害怕，還是在畏懼烏人如果食言，那他該去哪裡找葉千秋那漂蕩於冥河中，孤苦無依的魂魄。

「好……」葉千秋閉上眼睛。「我等你來，我一定等你來。你別怕，我哪裡也不去。」

她的聲音逐漸消失。

蘇輕的淚落了下來。他伸出爪子一撥，冰冰涼涼的淚掠過了他的皮毛，他有些驚愕，接著湧現的是強烈的悲傷，原來他也會因爲人世間的事情而落淚，原來葉千秋眞的即將死了。

葉千秋閉上眼睛之後，意識慢慢模糊，像是沉入汪洋大海之中。她的胸脯起伏慢慢趨於平緩，再也不用驚懼憂慮了。

或許，這就是自己的命運吧？

葉千秋慢慢失去了所有感覺，她感受不到胸口的疼痛、外界的溫度、蘇輕的氣息、手腳的重量……

一切的一切，全都歸於平靜。

這就是死去的感覺嗎？

葉千秋不覺得恐懼，甚至感覺有一點自在。她放任自己的意識往漆黑的地方沉入，慢慢的，連意識都即將喪失，只感覺到一點點的冰冷。

但就在她即將碰觸到那片黑暗中的核心時，一個吵雜的聲音鑽入迷霧之中，那聲音不斷地呼喊她，隱隱約約帶著一股拉力，將她拉過去，似乎堅決不肯讓她沉入這片黑暗。

她不自覺地皺起眉頭，誰？是誰？

爲什麼要打擾她，爲什麼要她回去？她不想再背負身爲鬼子的原罪，也不想再度過任何一天得不到平靜的日子了。

葉千秋本能地抗拒，那聲音卻說什麼都不肯放過她。

葉千秋的知覺逐漸回來，她感受到五臟六腑如被火焚燒一般疼痛著，還有越來越近的呼喚聲，以及冰冰冷冷的溼潤感。

她勉強睜開眼睛，感到有些憤怒。難怪都說打擾死者的罪孽是很深重的，任誰被迫從永遠的平靜中醒來，都會極度不悅。

可是葉千秋還來不及發怒，就看到蘇輕的臉龐在自己面前，唇瓣一開一闔。她完全聽不懂蘇輕在說什麼，只看見蘇輕臉上的淚。

「你哭了嗎？」葉千秋以爲自己抬起了手，卻只動了一根手指頭。

蘇輕見葉千秋終於睜開眼睛，不禁把額頭抵在葉千秋的額上，「太好了，太好了，妳終於回來了。」

他緊緊擁抱住葉千秋，胡言亂語著，「聽著，妳不必死了，黑明有辦法了！妳不必死了……好不好？妳不要放棄，不要閉上眼睛，以後的事情以後再說，妳好好活著，再陪我一點時間，我眞的很怕鳥人食言，妳知道的，他們才不可靠，我不要相信他們……」

葉千秋心中深深地嘆了一口氣，剛剛自由就近在她的眼前。

但蘇輕臉上的淚擦過她的臉頰時，是那樣的冰冷。他一定很害怕吧？

她只有蘇輕，而蘇輕也只有她了。

她微微張口，聲音嘶啞難聽。

「好。」

好。再爲了你活下去。就算每一天都憂慮恐懼、彷徨不已，就算活得像一枚棋子，就算最後眞的成了疫鬼，禍害人世，永遠得不到平靜。

爲了你，我也心甘情願。

會在最後關頭把葉千秋喚回來，是因爲黑明那邊來了意外的訪客。說是黑明的訪客也不太對，因爲這意外的訪客不是別人，正是前陣子棄蘇輕擇姜公的小蛇。

小蛇本來以爲，在畫中和人間都能橫行無阻，憑著一把釣竿就能痛打蛟龍的姜公，肯定不是人……不是一般人。

良禽擇木而棲嘛！一條好蛟龍要能夠做出聰明的選擇。

跟著姜公混肉湯喝，總比跟著蘇輕他們吃肉好。畢竟前者無風險、零壓力，後者高危險、無保障。蘇輕他們要是再對上一次冥界鬼主，小蛇覺得自己的小命恐怕會不保。

上次要不是牠竭盡全力，催眠自己就是一個手鐲，裝死裝了個徹底，也不能從冥界鬼主眼皮下輕易逃脫。畢竟牠可是蛟龍，長大之後，呼風喚雨什麼的，還不是張張嘴的事情？

——雖然這純粹是小蛇自己的幻想，其實冥界鬼主壓根不在意牠。

總之，小蛇很看得起自己，才會一看到姜公就如看見親媽一樣。只是牠不知道，蘇輕跟葉千秋都是懶得折騰別人的類型，才會讓牠當一個手鐲當得自由自在，而姜公就沒這麼好相與了。

他使喚小蛇使喚得毫無心理負擔，畢竟面對一條蛇要有什麼心理負擔？

小蛇被當牛犁、當馬騎，心裡的委屈自然不在話下。

這次姜公在牠的脖子上綁了一個用藍布包起來的木盒子，指派牠去送貨，牠彆扭地出了家門口，還一步三回頭。

牠就算只是一條小蛇，也是有自尊心的好嗎！姜公這算怎麼一回事？現在指派牠去送貨，蘇輕肯定不待見牠啊。

姜公看著小蛇磨磨蹭蹭的樣子，不耐煩了。「他看見你肯定會高興的，他還等著你馱著的東西救命呢！你就快去吧，扭扭捏捏的像什麼樣子！」

小蛇一聽，認命了。雖然那個馱字有點刺耳，這不是擺明把牠這條尊貴的蛟龍當成馱獸嗎？

不過一想到姜公曾經因爲想賣豆花討生活，而逼迫牠……

小蛇淚流滿面，一步三挪，終於趕在葉千秋斷氣前一刻到了。黑明打開牠頭上的布包時，還不明所以，畢竟他沒見過小蛇，而這條蛇又喜歡裝啞巴，要牠看風向選邊站，牠比誰都俐落，但要牠講話好似要牠爬刀山一樣。

所以，小蛇什麼都沒說，只是眨著眼睛，示意黑明把盒子打開。

牠還等著去跟蘇輕討賞呢！

黑明不疑有他地打開。雖然他實力低微，但醫者的身分擺在那裡，想害他得先掂掂自己的斤兩，看看能不能逃過妖族傾全族之力的追殺。

只是他一打開，瞬間嚇了個不輕。

五臟六腑，十一份器官整整齊齊地擺在盒子內，看看上頭脈搏的頻率跟溫熱的血液，黑明毫不懷疑這是剛從某人身上摘下送過來的。

但已經離開本體的心臟不可能會跳得這麼歡騰……難道這個木盒是隻木盒妖，打開了蓋子就可以看到內臟？

黑明浮想聯翩，頓覺木盒子的手感越來越柔嫩、黏膩了。

「瞎想什麼？」

「哦，就在想怎麼這臟器這麼新鮮？」

有人問了一句，黑明下意識地答了。下一秒，他發覺了不對，馬上低下頭，看到木盒裡的胃竟長出了嘴巴，正跟自己說話。

「啊——有妖怪啊！」

黑明驚叫著一甩手，整個木盒應聲倒扣在地上。小蛇心疼地游來竄去，可惡！別砸了牠要給蘇輕的見面禮啊！

「你自己不就是妖怪……」另一個聲音從盒子裡悶悶地傳出來。「快把我們撿起來，都要摔爛了。」

「啊！抱歉抱歉……」

黑明抓了抓頭。也是，他自己不就是妖怪，有什麼好怕的？

他深吸一口氣，掀開木盒的一角，看見裡頭的腸子正在蠕動，剛長出的耳朵動了動，「姜公說他是什麼神醫，怎麼看起來呆呆傻傻的？」

黑明手一抖，木盒又扣了下去，差點沒夾到一段小腸。

裡頭頓時響起七、八個聲音，各說各的話，有些純粹是嘮叨黑明太不可靠了，有些根本聽不懂在說些什麼。

黑明已經不知道該如何反應，於是乾脆拿起原本繫在小蛇脖子上的布包，把整個盒子端了起來，捧到地下室，打算給葉千秋跟蘇輕瞧一瞧。

幸好他去得及時，蘇輕一看到這些亂七八糟的肉塊還有小蛇，就知道是姜公來救命了，頓時說什麼都不肯讓葉千秋斷氣。他不斷地喊著葉千秋的名字，好不容易才把她給叫醒。

葉千秋看著這些肉塊，總覺得有種莫名的熟悉感。

她氣若游絲，本來已是半死不活，實在不知道應該先了斷蘇輕，還是先自我了斷。但一聽到是姜公遣小蛇來送禮，她也燃起了一絲希望。

「你們……」

她其實已經看不見了，但有種熟悉的感覺從木盒裡傳來。

她的聲音一響起，所有肉塊全都放聲大哭，「我們終於找到您了！」

黑明跟蘇輕搗起耳朵，雖然大概猜想得到姜公是替他們找來了讓葉千秋替換的五臟六腑，但這些能吵死人的臟腑要是全給葉千秋換上了，葉千秋的身體還不炸開了鍋？

兩人腦中浮現奇怪的想像畫面，尤其是蘇輕，他覺得這眞是再糟糕不過了。

肉塊們哭了半晌，葉千秋總算聽清楚了，這些肉塊就是當初的一百零八鬼眾，他們沒參與到葉千秋與冥界鬼主之間的大戰，後來又找不到葉千秋，本以為葉千秋已死，傷心不已，感覺生無可戀。

不知怎麼的，布偶身的他們輾轉到了姜公手裡，姜公告訴他們葉千秋沒死，還說他們有機會救葉千秋一命，只要他們願意與葉千秋融為一體，百年不分離。

聽到這話，一百零八人全都慨然應允。

可以成為主人的一部分，聽起來實在太令人開心了。

一百零八鬼眾就這樣被姜公從布偶裡抽出，煉成一整副完整的五臟六腑。他們身上的鬼氣曾經與葉千秋共存，即使已經剝離了，但葉千秋的身體對鬼氣的接受度本就很高，可以說是最完美的移植選擇。

「你們何必這樣……你們早已自由，又何必再度自我束縛，跟我融為一體？你們又知道我是誰了嗎？我身上有著擺脫不掉的枷鎖啊……」葉千秋心下黯然。她的命，終究得靠別人的犧牲嗎？

她疲倦地揮揮手，要他們走。

但一百零八鬼眾齊聲大哭，聲勢浩大，說葉千秋要是不肯接受他們，他們就乾脆被丟到荒山野嶺給狗吃了算數。

再說，姜公也講明了，煉形這件事沒有回頭路。

他們現在就是葉千秋的心肝脾肺腎，葉千秋若是不要他們，他們也回不去布娃娃裡面啦！

聽到這裡，葉千秋實在無奈，她看著蘇輕狹長的狐狸眼，那樣魅惑的雙眼，現在卻盛滿著無聲的請求。

求求妳，再為我多活一段時間。

她都答應蘇輕了，又怎麼能夠食言？

她長嘆一口氣，終於點頭同意。

手術之日，兩天之後。

第六章

他閉上眼睛，心裡只想著一件事情——

葉千秋，老子要是被抓回幽冥地底，也要綁著妳去！

黑明坐在自己的房間裡，四周一片漆黑。

現在不是午夜時分，而是日正當中，但房間內的窗戶蓋著厚重的窗簾，連一絲光亮都透不進來，伸手不見五指。

此時陽氣正盛，鬼氣衰微，是葉千秋身爲人的那部分最爲活躍的時候，也是他們選定要替她動手術的時間。

可現在已經十二點過五分了，黑明仍然坐在這裡。他知道自己該站起來，卻挪不動腳。他不僅舉步維艱，甚至連離開這張椅子的勇氣都沒有。

他心裡很是掙扎。現在逃走吧？

這樣也太過沒義氣了。而且他說什麼都沒有藉口逃避，葉千秋的內臟都有人特地煉好送上門來了。

但是真的要做嗎？

他真的能……

叩叩叩叩叩！

急促的敲門聲響起，黑明頓時有些慌張。

「喂，好了沒啊你？」蘇輕在門外大喊。

說好了十二點一到就開始動手術，現在都要十分了，蘇輕不明白黑明還在裡面做什麼。他一早就見到這傢伙心神不寧，剛剛說要洗個澡兼換個衣服，比較乾淨，少點細菌，可是都過了正午還遲遲不見人出現在地下室。

「我、我、我……還沒好！」黑明慌張地大喊，剛想起身，卻因為太過緊張，左腳尖踢到右腳跟，連人帶椅摔了個狗吃屎。

他吃痛驚呼了一聲，蘇輕以為發生了什麼變故，下意識就去扭開門把，結果黑明沒鎖門，蘇輕用力過猛，打開門之後也摔在了地上。

光線從門外透進來，同樣仆街的兩人看著彼此，相對無語。還好沒跌在一起產生什麼親密接觸，不然真的是蠢到姥姥家了。

「你……好了沒？」蘇輕趴在地上，看著眼前的黑明，見這人身上穿的衣服還是跟早上的一模一樣，他忍不住皺起了眉。

「我……」黑明的腦子轉了一圈，覺得心虛得頭疼。他連爬起來都沒力氣，只好嘆口氣，「老實跟你說吧，蘇輕，我醫過的人都死了。」

蘇輕一聽，本來已經撐起身體的他又摔回地上，氣急敗壞，「你說什麼？都死了？你不是什麼怪醫、神醫嗎？」

黑明悠悠地看著遠方——雖然用這趴著的姿勢也只看得到床腳。

「凡人的身體素質太差，承受不住我的妖氣，可是我在開刀的時候，妖氣會順著經絡進入他們的身體，所以刀開完，人也死了。」

蘇輕放鬆下來，啪的一聲「五體投地」。「這個問題我們不是討論過了嗎？葉千秋不是凡人，不然她也活不到現在，讓你有機會演這個小劇場。」

「小劇場？」黑明迷惑不解。

「沒事，網路流行語，用不著懂。」蘇輕揮揮手，「重點是，你不治葉千秋，她必死無疑，跟死在你手上也沒什麼區別。」

黑明搖搖頭，翻了個身仰躺在地板上，「你不懂。那種費盡心力想救一個人，最後反而害死人家的感覺。我曾經以爲我可以救人，卻不知道我根本只是殺人兇手！」

蘇輕很想仰天長嘯，這傢伙是腦子裡的哪根筋抽了，現在不只是演小劇場，根本是在拍文藝電影了！

（蘇輕剛來人間時，曾湊趣看了幾部文藝電影，但因爲劇情太過莫名其妙，你愛我我愛你的也能演上兩小時，從此之後避如蛇蠍。）

他只好也翻了個身，仰躺在地面上。「來，我們好好談談。你本來就是妖，想著救人做什麼？你能夠多救幾個妖，就是妖神開眼有保佑了！」

「不，我不是妖！」黑明忽然義正詞嚴地說。「我是人妖。」

蘇輕又被嚇得不輕，「你腦子壞了？」

「我是妖怪，是妖怪他媽生的，但我媽生了我後不想養，把我隨地扔了。要不是有個凡人撿了我回家，我早就死在街頭了。所以我是妖，但也是人，我是人妖！」黑明垂下眼簾，一股作氣說出了自己的身世。

蘇輕長吸一口氣，他覺得今天黑明的腦子明顯不太正常。

大哥，您眞的知道什麼是人妖嗎……

蘇輕欲哭無淚，葉千秋只剩一口氣吊著了，他還在這裡跟黑明討論這種問題。

「不管你是妖還是人，或者是……人妖。」蘇輕艱難地吐出這個詞彙，「或許這就是你的命，你會被你的妖媽媽拋棄，被人媽媽撿到，還學了一身人類的醫術，可能就是注定要治妖，而不是治人。」

「但葉千秋終歸是人……」黑明依舊忐忑，他沒說出的心裡話是，他怕把葉千秋給醫死了，就像醫死他的凡人父母一樣。

他學醫是爲了救他父母，只是當時的他不懂，凡人命數自有天定，就算能延壽也不過得享百年，他妄求父母長生如妖，已是違逆大道。

他最後做的事情，讓他現在想起來都後悔不已。

蘇輕一骨碌爬起來，認眞地看著黑明的雙眼，一字一句、斬釘截鐵地說：「葉千秋不會死，我跟你保證，她絕對不會死。」

黑明還在躊躇，「她死了，你一定會傷心。」就跟他一樣，還跟引魂使者打了一架，差點成爲第一隻被引魂使者打死的妖怪。

「她不會死！」蘇輕堅定不移。他拽著黑明往外走，循循善誘結束了，現在是暴力逼迫的時候了。

他把黑明拖進地下室，將他的腦袋一把按在葉千秋蒼白的臉頰上，「你盡全力，她就不會死。」

「盡全力嗎……」黑明可憐兮兮地看著蘇輕。「你保證？」

蘇輕簡直要炸毛了。「我保證。」她死了就剝了你的皮。

後半句他沒有說出口，免得嚇死這個有顆玻璃心的神醫。

「好吧。」黑明深吸一口氣，下定決心。

他戴上口罩，抄起手術刀，左右開弓，劃開葉千秋的胸腔、腹腔、骨盆腔，基本上就是從正中切下剖半。

他全心專注在葉千秋的手術上，不再去多想其他事情。蘇輕說了，葉千秋不會死，那他就放開手腳，拋去所有顧慮。

他下手精準，如有神助，絲絲妖氣果真順著手術刀進入葉千秋體內。

至此，蘇輕總算是看明白了，黑明以自身妖氣爲刀鋒，俐落地割除了葉千秋體內衰敗的臟腑，甚至還以妖氣灼燒血管，讓葉千秋的出血量控制在最小範圍內。

這傢伙的醫術是眞的了得，不然也不會被封爲神醫，可是他這樣的手法凡人怎麼受得了？難怪醫過的人全死了……但姜公要他來找黑明是對的，要不是黑明有這麼一手，誰也無法這麼迅速又精確地切除葉千秋的五臟六腑。

飛頭蠻的血慢慢地注入葉千秋體內，心、肝、脾、肺、腎一一被摘除，蘇輕看得大氣都不敢喘一下。

黑明下刀精準，絲毫不拖泥帶水，一刀就是一個結果。手術刀在他手上翻飛，他氣定神閒，像是在用雙手表演世界上最美的舞蹈。

但在這麼和諧的畫面中，躺在手術台上的葉千秋終於忍不住了。

「我說……能不能讓我睡一會兒？」

任誰都不會想看著自己赤身裸體地被東鑿西挖吧？

她本來是昏沉著的，只隱約聽見蘇輕和黑明的交談聲，原以爲手術開始後不久，自己就會陷入昏睡，沒想到黑明的妖氣鑽入她體內後，讓她越來越有精神，連視線都逐漸清明了。她起初覺得這是好事，畢竟一般人若是突然失去視力，一定都會感到異常恐懼，葉千秋也不例外。如今能夠重見光明，她自然是欣喜的。

不過當她看著黑明切到大腸和小腸，還不斷地往外拉的時候，終於忍無可忍了。「雖然我沒開過刀，但也看過電視劇，不是應該那個……全身麻醉？」

專注於手上工作的黑明分神看了她一眼，口罩下的聲音有些模糊。「睡著有什麼好？妳會疼嗎？不可能吧！我的妖氣能讓妳不感到疼痛，還可以保持清醒，多好？」

這不是好或者不好的問題，而是她不想看到自己跟菜市場的豬肉一樣被人隨便切著賣……葉千秋無語了。

但人在刀下，不得不低頭，她沒什麼發言權，目前甚至連要求穿條內褲的權利都沒有。她本來又不是個喜歡吵吵嚷嚷的人，於是默默閉上了嘴，認命看著黑明開始清洗自己空蕩蕩的胸腔。

「好了，可以開始了。」黑明擦了擦額上的汗，現在才是關鍵時刻。他小心翼翼地打開木盒，拿起裡面的心臟。

心臟是全身臟器之首，他的妖氣無法護住葉千秋的心脈太久，因此打算先讓葉千秋的心肺功能恢復運作。

他看準了位置，放下心臟，以妖氣爲針線，飛快地縫合起來。葉千秋已經放棄掙扎，還用眼角餘光瞄著黑明的動作。

而一旁的蘇輕早已被冷汗浸溼了全身，他看著渾身是血的葉千秋，腦中都是自己對黑明說過的保證——葉千秋絕對不會死的。

絕對不會死的，絕對不會！

蘇輕反覆念了幾次，只覺得心底無比慌張，甚至暗暗注意起附近有沒有引魂使者的蹤影。他被自己弄得有些神經質，又不好去給黑明施加壓力，他怕黑明這個不可靠的傢伙甩手不幹了。到時候，難道要他自己上嗎？

不……心肝脾肺腎他認都認不全，一旦縫錯位置，葉千秋肯定倒大楣，他也絕對不會放過自己。

黑明不知道蘇輕心裡沒把握，只是專心致志地縫合著。他剛縫了心臟一圈，又把幾條主要的心脈接上，長吁一口氣，卻聽到一句酸到牙髓裡的話。

「我說，你該不會就打算把我縫得這麼醜吧？」

黑明馬上抬頭，只見葉千秋立刻搖頭，嘴唇抿得死緊，表示那話不是她說的。

他又轉頭，蘇輕也連連搖頭。

「我在跟你說話呢！你看哪兒？」

黑明這下知道了，又是這些詭異的臟器在作怪。他低下頭端詳，好吧，是有點歪了。他略作調整，又修正了幾處不那麼好看的縫線，然後沒好氣地問：「這樣可以了吧？」

那顆心臟左扭右動，讓葉千秋有種說不上是疼，卻有些古怪的感覺。她不禁覺得自己這刀不如不開了吧……

好在心臟大人終於大發慈悲地點點頭，似乎頗滿意，長長地「嗯」了一聲。

黑明打上最後一個結，心臟終於寧定下來，它的鬼氣與葉千秋身上的鬼氣交纏，融爲一體，不分你我，失去了自我意識，眞正化作葉千秋的臟器之一，緩緩搏動起來。

黑明長吁一口氣，接著打算拿起肺臟。

這時，異變陡生，因爲更換了臟器的關係，葉千秋身上的禁制效力似乎減弱了一些，她的鬼氣頓時找到出口，不斷地往外洩漏，跟臟器互相交融。

葉千秋雙眼圓睜，尖叫了起來，鬼氣在她的體內暴漲，讓她感受到久違的力量，並再度被冰冷的氣息包圍。

蘇輕大急，馬上就想往病床奔去，卻被黑明攔了下來。

黑明閉上眼睛，「別急，你有更重要的事情要做。」

「什麼更重要的事情？她到底怎麼了？」蘇輕看著葉千秋疼痛難耐的模樣，心急如焚。剛剛不是還好好的嗎？是哪裡出了問題？

「來了。」黑明沒頭沒腦地說。蘇輕先是一愣，接著也感受到了，有好幾種不同的殺意從四面八方出現。

他先是一悚，是冥界鬼主嗎？

不，這些殺氣都太弱小了，冥界鬼主的力量遠不僅如此。

而後他又苦笑一聲，他的能力竟然已經弱化至此，連黑明都比他率先察覺到危機。要不是黑明提醒，他恐怕要等人家殺到眼前了才會發現。

他釋放出微薄得可憐的靈力，逐步向外探測。

六股勢力正小心翼翼地接近中。

「是被她吸引過來的嗎？」蘇輕指了指床鋪上兀自呻吟的葉千秋。

黑明點頭，「嗯。她身上的禁制正在瓦解，鬼氣不斷地洩漏，等到換完所有臟器，她才能夠自行收斂鬼氣。」他停頓了一下，「手術不能中止，已經沒有回頭路了。」

蘇輕不發一語，他走到床邊，撫摸著葉千秋的臉頰，片刻後回頭，「讓她睡一會兒吧？」

黑明點頭，「是有必要了。」他指尖的妖氣轉了一圈，參雜上綠色，加入一點安眠鎮定的效果，鑽入葉千秋的體內。

葉千秋額上都是汗，她現在彷彿遭到萬蟻鑽心，但她也知道外頭來了眾多虎視眈眈的敵人。她伸出手緊緊抓住蘇輕，「混帳，誰說我要睡的？」

「妳剛剛不是這樣要求嗎？」蘇輕微笑，又摸了摸她的頭。「好了，睡一覺吧，醒過來就沒事了。」

他掙脫葉千秋的手，逕自走向地下室的階梯。

「欸。」黑明忽然叫住他，遞出了手上的手術刀，「借你幾把吧？」

蘇輕搖搖頭，一隻白色的狐狸轉眼出現，昂首看著黑明，晃了晃自己的爪子，「不用了，你自己留著，我有更好的。」

「如果真的打不贏，你可別逞強啊。」

「說這什麼話？你跟她都在這呢。」

黑明不再多說，他拿起下一個器官，加快了手術的進行。

要是再拖拖拉拉下去，說不定待會病人就從一個變兩個了。

他下手飛快，雙眼連眨都不眨一下，葉千秋感受著體內的拉扯，意識逐漸朦朧，她死死咬住下唇，卻不敵黑明妖氣安眠的效果。

她閉上眼睛，失去了知覺，只想著一件事情。

可惡……蘇輕你這隻臭狐狸……

蘇輕一踏出地下室，就知道自己還是低估了對手，也高估了自己。四面八方都是混雜在一起的各路勢力，有修鬼道的妖怪，也有本身就是鬼怪的魔，更別說混水摸魚想分一杯羹的了。

嘖嘖，還真是熱鬧啊。

這些傢伙鼻子跟狗一樣靈，怎麼不轉生當狗呢？在這邊假鬼假怪真是太浪費才能了！心情很壞的蘇輕想著，同時開口。

「有道是有朋自遠方來，不亦樂乎，但小弟天狐蘇輕可不記得有邀請諸位來作客。或者諸位今天只是路過？路過分很多種，各位結黨路過，又無事先申請，實在是……嘖嘖嘖。」

蘇輕並不傻，他說人家弱小，但被黑明提醒才發覺有不速之客上門的他，又哪裡強大了？他現在實力盡失，能夠拿出來嚇一嚇人的，也只剩天狐這個名號了。

果然，天狐二字一出，各方人馬臉上的表情都有些精彩。

他們並不是預先商量好要來分吃葉千秋的，是因為葉千秋的鬼氣逸漏得太不尋常，才勾起了他們的食慾。畢竟略有修為的鬼怪都會收斂自己的氣息，通常只有在瀕死的時候，才會如此張狂地放出鬼氣。

他們被葉千秋勾得口水直流，饞得連自己的媽都認不得了，才會攜手直奔這裡，造成這種八國聯軍攻占北京城的局勢。

北京城內有天朝寶藏（葉千秋），現在卻有個棘手的守城將軍（天狐），是攻還是不攻，各路勢力都在心裡盤算起來。

畢竟天狐不能吃，因為天狐由天地靈氣所化，一向都是仙人們重點保護的對象，吃了會倒大楣。

他們不知道，眼前這隻倒楣天狐生錯了一尾顏色，所以其實爹不疼娘不愛的。按照經驗法則，他們還是有些忌憚。

再說，吃了天狐不會大補，反而因為屬性不同的關係，還可能對身體造成損害。鬧鬧肚子疼都算是輕的，要是道行倒退個千百年，那就得不償失了。

也是他們沒看過天狐的眞身，並不知道眼前這隻跟狗一般大的天狐只是虛有其表、外強中乾，只比紙糊的好上那麼一丁半點而已。

蘇輕眼看計策奏效，立刻又加油添醋，「各位如果沒什麼要事，待會我還得招待仙人，仙人大駕光臨，看到各位說不定會請各位進來一敘。」

蘇輕說得煞有其事，在場的各方勢力又悄悄退了一步。

仙人哪……傳說中看一眼就會被削減三百年道行，摸一下就會被度化的可怕生物，居然待會要來？那還不趕快三十六計，溜爲上策？

等等。

其中還是有幾個腦子清楚一點的，他們緊緊皺起眉。不對啊！天狐是天上地下最純淨之物，怎麼會跟這麼濃厚的森然鬼氣纏繞在一起？

再說，雖然天狐的眞身沒人看過，但怎麼樣也不該弱小至此吧？眼前這隻漂亮是漂亮，那腿、那爪子，放到哪一個狐狸窩裡都是一等一的好——可是天狐就長這樣嗎？

這隻該不會是假的吧？

鬼怪們交頭接耳。

假的！

有可能是假的？

先打一打，不行了再退，反正不吃虧？

那派誰先去？

就小弟們先上吧！大哥揮揮爪子，被點到名的小弟欲哭無淚，他們抖著胳膊抖著腿，往前一撲，各類妖魔鬼怪繞著蘇輕開始大顯神通。

蘇輕心一沉，果然騙不過嗎？

罷了，能拖上一時半刻已是萬幸，怎麼能奢望一場腥風血雨就此戛然而止？

蘇輕仰天長嘯，威震八方，接著慷慨就義，撲向最近的一隻鬼妖，打得轟轟烈烈，三秒後立刻被看穿。

各家勢力的頭頭同時啐了他一口。

這傢伙原來就是扯著虎皮當大旗，虛張聲勢！大家意興闌珊地看著蘇輕兀自在場中混戰，幾個頭頭有志一同地繞過這個小戰場，直奔美食去了。

蘇輕眼看情形不對，趕緊阻止。

「原來諸公都是偷雞摸狗之輩！」

這帽子扣得有點大啊……各家頭頭你看我我看你，不過偷雞摸狗又怎麼了？美食當前，難道還跟你排隊啊？

裡頭的鬼氣濃郁芬芳，還不知道夠不夠讓在場的每隻妖魔鬼怪都分一口呢。再說，這裡有誰肯只吃那麼一口？

頭頭們彼此戒備，蘇輕看在眼裡，他一邊力戰八方，一邊對著頭頭們喊話，「我以天狐之名起誓，誰要是能殺了我，誰就能得到裡頭的鬼子！」

天狐之名這時候已經不管用了，但鬼子二字還是具有相當分量，震懾力很足夠。鬼子是半人半鬼，以人身滋養鬼氣數十年，吃下去不僅唇齒留香，還能夠大大滋補，因此多個三五百年的道行，豈不美哉？

頭頭們之間的戰爭瞬間從「好吧！你一口我一口」，提升到「不行！全都是我的」這種等級了。

蘇輕怕火燒得不夠旺，再度往上加油，「裡頭的鬼子可是疫鬼預備役，冥界鬼主養了足足二十個年頭，鬼氣濃厚不說，還是個女娃兒，肉鮮味美，而且——她距離疫鬼只差一步了！難道你們眞的願意小胳膊小腿的拆開來吃嗎？」

蘇輕下的這帖猛藥，立刻讓各方勢力興奮得嗷嗷亂叫。

眼看成了，他立刻大喊：「魑魅！你這下偷襲太不厚道了，難道是想先殺了我好獨占鬼子嗎？」

魑魅瞬間被一擁而上的鬼怪們淹沒了。

頭頭們才不管什麼車輪戰、擂台賽，他們只想著滅了對方好獨占鬼子。是該紅燒清蒸，還是三杯好呢？

頭頭們想得很美好，一場大混戰宣告開始，蘇輕在其中穿梭自如，誰碰到他都倒楣，他只要大喊一聲，仇恨值就妥妥地轉移，屢試不爽。

只是你殺我我殺他他又殺你的大混戰到最後，只剩下各方頭頭跟其麾下心腹了。頭頭們相視一眼，統統出列。

這樣殺下去，吃完了美食，也沒人可使喚了，有點兒不划算。

其中一隻成了精的三屍啞聲開口：「我看我們似乎是中了圈套，便宜了這狡詐的小狐。這小輩陰險無比，說不定待會還有什麼計謀，我們還是先將其誅殺，再來討論鬼子的分配問題吧。」

這番話說得在情在理，頭頭們都點了點頭，只是蘇輕不愛聽。

拜託，堂堂天狐被叫成小狐，還說是後輩！爺爺我出生的時候，你都還不知道在哪裡玩泥巴呢！

蘇輕忿忿不平，看著頭頭們逐漸向自己圍攏。

他抖了抖身上的毛，看來一場惡戰在所難免了。蘇輕迎風而立，背後是通往地下室的階梯，說什麼都不能退卻半步。他張口長吼，壓低身子往上一躍，迅疾如風，踩著頭頭們的頭頂恣意來去。

他就是一隻討人厭又咬不痛人的小狐狸，滑溜得不得了，眼見要被抓住了，卻又給了對面的鬼怪狠狠一爪子，六方勢力的頭頭加上蘇輕，打得毫無章法。

蘇輕一開始還游刃有餘，打到後頭就越來越吃力了。

畢竟他身上泰半的靈力都被禁制封住，能夠調動的靈力微薄到不可思議，而對手探得他的深淺後，出招也越發地不留情。

不過狗急跳牆，兔子急了也會咬人，一個不要命的對上五個還想著吃的，絕對不會是同一個層次。

蘇輕戰得艱辛無比，身上沒有一塊皮沒被蹭掉，饒是如此，不要命的他仍是死死守住了這個小後院的入口。

這場大戰打了一夜，其間蘇輕倒下了無數次。原本他的九尾已經被冥界鬼主的影身拔了六尾，現在被這些傢伙又拔又啃的，竟然只剩下一尾半了。

蘇輕痛徹心扉，直想罵髒話，但他省下罵人的力氣，起身再戰。

他好幾次都想，就這樣算了吧？

他不知道自己到底在堅持什麼。他不是來殺葉千秋的嗎？怎麼現在爲了保護葉千秋，都快被這些傢伙宰了？

是了……

當葉千秋第一次說她不服命運的時候，他就被那張小臉上的神情震懾了。

後來他們兩人攜手在雪地裡前行、岩漿裡翻滾、山谷中爬行（上述皆爲遊戲地圖），度過了一段蘇輕從來都不敢想的歲月靜好。

他好希望一直一直這樣下去……

他好希望可以再讓葉千秋抱著自己一次，就算站上一整天也沒有關係了，畢竟從來沒有人那樣喜愛地抱著自己過。

葉千秋揮刀的模樣、雨中的背影、手心的微涼、靜靜的笑容……這些，如果葉千秋死了，他就再也看不到了。她將只餘下一抹永世飄蕩的輕淺魂魄。

蘇輕心裡百轉千迴，與葉千秋相伴的時光，是他這輩子最美好的記憶，所以他要用盡全力來守護葉千秋，說什麼都不讓她死，說什麼都不讓她成爲疫鬼，說什麼都不讓她被這些猥瑣下流、腦子裡只想著吃的傢伙拆吃入腹！

從未感受過一絲溫暖的蘇輕，執著地護著葉千秋的命，不肯放手。就算仙人眞的信守承諾，他也不要讓葉千秋變成看得見摸不著，能夠說話卻不能夠抱抱。

這股執念成爲蘇輕的動力，他超水準發揮，六大頭頭竟然被他殺了三隻、打殘了一隻、打昏了一隻，最後一隻還清醒著的，很識時務地對他擺擺手，跑了。

美食誠可貴，生命價更高，若前有瘋天狐，還是趕緊來造！

珍惜生命，遠離蘇輕。

妖魔鬼怪們如潮水般嘩啦啦地來，也潮水般嘩啦啦地走了。

他們不帶走一絲雲彩，連一點垃圾都沒留下來，各家小弟甚至還記得把白家的頭頭扛回家。至於是要安葬、療傷、暗殺、食用，還是挾頭頭以令諸小弟，就得看各家小弟的手段了。

黑明家的後院終於回歸平靜，蘇輕念天地之悠悠，獨愴然而涕下。他想到自己一人力抗千軍萬馬，便不禁淚流不止，氣氛不可謂不悲壯。

半晌後，頭頂上有隻烏鴉嘎嘎叫著掠過天際，還掉了一坨鳥屎下來，正中蘇輕的頭頂，成爲壓倒狐狸的最後一根稻草，蘇輕軟軟地倒臥在地上，再也支撐不住。

他柔軟的腹部開了一個極大的口子，深可見骨，幾乎把他串了個對穿，湧泉般的鮮血汩汩往外冒，潔白的天狐成了一個染血的破布偶。

他閉上眼睛，力竭昏迷前，心裡只想著一件事情。

葉千秋，老子要是被抓回幽冥地底，也要綁著妳去！

不然太不划算了……

第七章

「你不是說要爭一爭嗎？」

「是啊！我們爭一條網路線來，再添兩台電腦，玩他個昏天暗地！」

蘇輕醒來的時候，發現自己忽然成了這個家中最不受人待見的傢伙。

他完全是丈二金剛摸不著頭腦，本來還沉浸在「雖千萬人吾往矣」的悲壯情緒中，一醒來卻發現自己被繃帶纏了滿身，地位還直直落。

不僅黑明沒給他好臉色看，連葉千秋也不肯跟他說話。

是的，葉千秋的五臟六腑換過一輪之後，當天晚上就很神勇地能夠下床行走，不能不說是醫學上的奇蹟。

但地下室裡的單人病房走了一個病人，又來了另一個。葉千秋才搬回二樓的房間休養，蘇輕就被捆成了木乃伊，半死不活地昏迷著，累得黑明差點想罷工不幹。

他又沒收診療金，幹麼這麼盡心盡力？要不是爲了雅美娜，他早把這兩人都趕出去了！黑明堅決不肯承認，其實跟大家一起玩遊戲特別有趣。

全身被縫縫補補的蘇輕，第一次清醒的時候，距離那一戰已經過了三天。他一醒來就嚷嚷著要找葉千秋，當場弄裂了兩個大傷口，噴了一床的鮮血，氣得黑明用了一根手指頭（加上強力麻醉妖氣）就讓他又躺回去睡了。

醫生氣急攻心，麻醉劑的分量不小心下得過重，因此又過了一個禮拜，蘇輕才算是眞正醒來。

這一戰讓他傷筋動骨，之前的舊傷一併復發，讓黑明好一陣忙碌，連遊戲都顧不得玩，只好胡亂編了個藉口，匆匆上線跟霜月說一聲。

這些黑明都是後來才跟蘇輕說的。

蘇輕醒來，知道葉千秋沒事，並聽完黑明的近況報告後，終於徹底放下心來，但也開始覺得——

喂喂，你們這樣對待我不對吧？

大爺我可是九死一生才保住你們的欸！

你們難道對救命恩人一點感激之情都沒有嗎？

這個世界果然已經令人絕望了嗎？

蘇輕大爺文藝了一把，可惜不管他說什麼，下場依舊都是——沒人理他。

黑明只在換藥跟送飯菜的時候出現。其實蘇輕不吃不喝也不打緊，但病人要多吃點才有元氣康復，否則不知道要住在這個只有一張床鋪的私人醫院裡多久。

所以，黑明才會按時送來三餐。

而葉千秋就別說了，她只在蘇輕熟睡的時候來看他。

不過天狐畢竟感知敏銳，就算現在靈力低微，又身受重傷，但有個大活人靠近身邊，蘇輕不可能不知道。

他當然知道葉千秋來了，只是有過幾次教訓之後，他只能裝睡。葉千秋往往在他身邊一坐就是大半夜，兩人一清醒一裝睡，相對無語。

（所謂的教訓是，只要蘇輕一睜開眼睛，葉千秋就會拂袖而去，任憑蘇輕如何叫喚她都絕不回頭，堅定無比。而蘇輕被繃帶纏住，動彈不得，根本無法追上去。）

蘇輕實在百思不得其解，難道在他昏迷的時候，天狐自甘墮落跟蟑螂結爲親家了嗎？

不，且不說體型大小，結爲親家也沒搞頭，而且目前世界上的天狐就他一隻，他才沒興趣跟那種噁心的蟲類結親。如果是葉千秋的話，倒是可以考慮考慮。

葉千秋砍鬼怪跟砍西瓜一樣，神情肅穆又美麗，遊戲還打得比他好，一整套天雷連技轟下來，他就外酥內嫩了……

用凡人的話來說就是傲嬌高貴難推倒，蘇輕開始心猿意馬起來。

經此一役，蘇輕已經把葉千秋劃爲所有物了，他大爺都下了血本，怎能不把葉千秋拐回幽冥地底替他生一窩白毛小狐狸？

他當初繞了世界一圈，也沒看過第二個比葉千秋更順眼的女人。

就她了吧！

天上地下僅有一隻的天狐，配上冥界鬼主養出的唯一鬼子，眞是郎才女貌、天作之合、門當戶對……蘇輕腦中能夠形容的詞彙相當豐富，要多少有多少。

於是他愉快地下了決定。

但想像是美好的，現實是殘酷的，他迫不及待地想跟葉千秋分享這件事，葉千秋卻根本不理他，依舊實施張眼就跑的殘酷政策，急得蘇輕抓耳撓腮。

「別抓了，再抓，傷口好得慢。」黑明看著蘇輕邊抓邊掉毛，（化為獸形時抓結痂比較痛快）忍不住提醒了一句。

他巴不得趕快把蘇輕趕出他的病房，因此無法容忍蘇輕殘害身上的傷口。

穿著寬鬆長袍的蘇輕在床上左右打滾，翻了個身，扯過被子把自己裹起來，還翹起了腳，「欸，黑明，俗話說的好，殺人不過頭點地，你要我死，也讓我做個明白鬼吧。」

「啥？」黑明看著蘇輕，心想，這傢伙又想糊弄自己什麼了？「我先警告你喔，你肚子上的洞差點就把你捅個對穿了，更別說你六根肋骨裡斷了四根，連腳踝骨都碎成了渣。你現在要是想下床，我就迷昏你一個月！」

黑明連珠炮似的講了一串，氣呼呼地直揮手。

「噴到了啦、噴到了啦……」蘇輕退無可退，硬是接了黑明一場暢快淋漓的口水雨。「這麼激動做什麼？你不是當晚就放了葉千秋嗎，為什麼我不行？」

黑明哼哼兩聲，「她身上的禁制已經解除了，十個你加起來都抵不過她半個。你也不看看自己的傷勢，你現在正是長骨頭的時候，要是不怕成了跛腳狐就試試看吧！」

蘇輕想像了一下，英俊無比風流倜儻玉樹臨風的他，跛腳後……嗯，還是很帥嘛！

「你想被迷昏一個月？」黑明陰森森地看著他。

「不不不。」蘇輕很乖覺地搖頭。

「很好。」黑明拍拍手，換完蘇輕腳踝上的紗布後，端著藥膏就想往外走。

「等一下啦！」蘇輕連忙拉住黑明的衣角。

「你還想幹什麼？」黑明轉頭，一副蘇輕敢再提一句要下床就把他的腳打斷的威嚇表情。

蘇輕吞了口口水，醫生果然天生都有種神聖而不可侵犯的光環啊。

「我問一個問題就好。」

「說！」黑明亮出手術刀。

「我昏迷的這段時間，曾經脫光了衣服在家裡裸奔嗎？」

黑明搖頭。傷成那樣，連動一下都沒辦法，還能裸奔？天下紅雨都不可能。

「那我把你們的電腦砸了？帳號刪除了？食物吃光了？調戲你？偷親葉千秋？」蘇輕越問越快，黑明的頭也搖得越來越快。

最後，兩個人都喘吁吁的。

「你、你……到底想問什麼？」黑明露出有些擔心的神情。這傢伙該不會傷到腦子了？他放出渾身妖氣，想往蘇輕身上探查。

「我沒事啦！」蘇輕嫌惡地看著那些妖氣活像觸手一樣，在他身上四處亂摸。

「我只是想問，既然我什麼都沒做，你跟葉千秋幹麼看到我就像看到大便一樣？」

黑明了然地點點頭，原來是要問這個。蘇輕昏迷的時候，頭上的確有坨鳥屎沒錯……但重點不是在這裡！

黑明忽然目露凶光，逼近了蘇輕。「你知不知道，我替葉千秋開刀開了一夜，差點去見我爸媽了！我累了個半死，結果你這傢伙還把自己整成這副德行，血流光差點成了狐乾不打緊，全身骨頭能斷的全斷了，你知不知道接骨有多累人啊！」

醫生罵人都不用換氣的啊？蘇輕抹抹滿臉的口水。

「當時情勢所逼，我也是不得已的嘛……」

「不得已個頭，你打不過就逃，逃下來關上門，十天半個月他們都打不進來！」黑明指指入口，那道門可是耗費了他不少身家，材質保證堅固，上頭用來防禦的術法百年有效。

蘇輕的嘴張得能吞下一顆鵝蛋，「你怎麼不早說？」

「我不是跟你說，真的不行了就回來？」

「我以爲這是客套話……」

「誰跟你客套？」黑明不解地看著他，「我跟你又不熟，客套什麼？」

「喂喂！不熟才要客套吧？而且上次打王的時候，我把力量手套分給你了，還說不熟？手套還來！」

「綁定帳號了，謝謝。」

蘇輕瞪著黑明，那手套可貴了！等等，這不是重點……他深深地吸了一口氣，「那我跟你道歉行不？當時我真的以為我退了，大家都得死在一塊，不然你以為大爺我沒事把命拚著玩啊？」

黑明聳聳肩，顯然不想跟笨蛋計較。他抬腳往外走，蘇輕又揪住他的衣角。

黑明神色不善地回頭，蘇輕趕緊開口。

「那葉千秋氣我做什麼？」

「她喔……」黑明看著蘇輕，神情微妙。「她沒氣你什麼，她只是以為你死了而已。」

「我死了？」

黑明頷首。「死透了。」

「但我沒死啊！」

「那時候看起來──就像死了一樣。」

蘇輕抹臉。什麼死不死的，講得他都渾身發毛了，不過黑明的電波頻率總是在奇怪的時候跳掉，他也習以為常了。他想了一下，「她以為我死了，所以生我的氣？」

不對，跳太快了。他隨即改口。

「她以爲我是因爲她而死了，所以生我的氣？不對呀，那她該氣的也是自己啊！我要眞的死了也是爲了她，那她應該感激得痛哭流涕，趕快向本大爺投懷送抱吧？」蘇輕繼續推理。

「……投懷送抱？」

黑明無法想像這個畫面，葉千秋沒有痛揍蘇輕一頓就不錯了。

「是啊！啊，我知道了！她這幾天不肯見我，說不定不是在生氣，而是害羞。她肯定是因爲害羞而不敢面對我！」

「……」黑明徹底無語。

這傢伙的戀愛智商是不是低到破表？還是說腦子眞的撞壞了？

黑明搖搖頭，腦殘沒藥醫。沒救了。

還是趕快去幫雅美娜多打幾張熊皮吧，今年冬天挺冷的。

迷戀二次元到了極致的黑明，覺得自己的戀愛智商比起蘇輕高了一大截，他挺了挺胸，頗自豪的。

床上的蘇輕已經笑得跟傻子一樣，還不忘拉住黑明，「喂喂喂！別走啊！你快幫我想想看，葉千秋什麼時候才會脫光了跳上我的床？」

將葉千秋認定是自己的所有物後，某狐完全展露出本性。反正他天生地賽，禮教規矩只是記憶中的一抹沙，拍一拍就沒了。

他只知道，幽冥地底幽深冰冷，得有個暖床娘子。

葉千秋雖然強悍，卻順眼得很，配他天狐的身分剛剛好。不過蘇輕完全沒想到，戀愛這門課可不是有上課就能畢業，開不開竅還得看天資跟同班同學。

而在他說出這句話的同時，他的同班同學站在階梯上，摔了手中本來要拿來和解的一盤水果。

框啷。

蘇輕回頭，雙眼一亮。

葉千秋來看他了！是終於克服心理障礙要以身相許了嗎？

蘇輕拚命眨著眼睛。來吧來吧！我的寶貝小千秋！

葉千秋轉頭就走。

黑明一臉「你死定了」的表情看著蘇輕，搖搖頭，嘆口氣，也走了。

「喂喂喂，你們幹麼都這樣啦！我是病人欸！陪我聊聊天啦！我無聊到快要發霉了！黑明？小千秋？」

蘇輕獨自在地下室中叫嚷，可惜他喊破了喉嚨也沒人理他。

外頭，那隻曾跟蘇輕有過一屎之緣的烏鴉飛過。

嘎嘎嘎——嘎嘎嘎——

是夜，一隻通體雪白的小狐狸鬼鬼祟祟地擰開了某道房門的喇叭鎖，在一片漆黑中，踮著腳尖、貓著腰，偷偷摸摸地前進。

牠的足音隱沒在黑夜裡，蓬鬆的尾巴掃了掃，可憐原先的九尾居然只剩一尾半，大家打架都喜歡揪尾巴，眞是不文明！牠動動鼻子，嗅聞著空氣中熟悉的味道，往目標前進……

忽然平地一聲雷，小狐狸一跳三尺高，渾身都炸毛了。牠回頭一看，剛剛落腳的地方直挺挺插著一枝筆。

那枝筆本身平凡無奇，是一百元就可以買到一大把的木頭鉛筆。但鉛筆頭入地三分，只餘下尾端在外微微抖動。

小狐狸垮下臉來，這是毫無疑問的一級謀殺！牠還沒開口抗議，接二連三的鉛筆暗器就往牠身上招呼，像漫天流星一樣，只是被這流星擦到一點就會立刻見血。

小狐狸趕緊左閃右躲，動作狼狽至極，牠回首看向來時路，撤退的機會成本有點兒高，現在放棄，比賽就結束了！

牠一咬牙，乾脆往床上撲去。

牠一躍而起，高高落下，眼前一道銀光閃過，頭頂一撮白毛緩緩飄散……

「喂喂喂！葉千秋，妳是真的想殺了我啊？」小狐狸正是蘇輕，他忿忿不平，在葉千秋床上揮著小爪子抗議。

葉千秋坐在床上，被子從她的肩膀上緩緩滑落，手上拿著許久沒握過的銀刀。她的刀終於又能從身體裡抽出來了。

她冷冷地看著蘇輕，「無恥宵小，人人得而誅之！」

「這不符合比例原則！」

葉千秋舉高手上的銀刀，小狐狸驚恐地倒退三步，差一點倒栽蔥掉下床。

蘇輕發覺黑明說的沒錯，現在的葉千秋可以抵上十個他，拿回一百零八鬼眾的鬼氣，身上的禁制又全數解開，她已經、她已經……

小狐狸往前一撲，準確地落入葉千秋懷中，嚎啕大哭起來，「妳已經不需要我了！」

葉千秋立刻就想把蘇輕往外扔，但這隻小狐狸賣萌的時機恰恰好，淚眼汪汪不夠，還在葉千秋腿上蹬腿直蹭，「我就知道妳現在嫌棄我沒用了，嫌棄我不是天狐了！」

這傢伙半夜發哪門子的瘋？

葉千秋覺得自己的腦袋隱隱痛了起來。她一把撈起蘇輕，看著那雙半點淚光都沒有的眼睛，「你有病就去找黑明！」

蘇輕左踢右抓，葉千秋沒抓穩，又讓他撲回胸前。「我才沒有病！不然妳爲什麼不跟我講話？爲什麼一直給我臉色看？明明就是嫌棄我了，我現在不能跟妳一起打架，也保護不了妳，我……」

蘇輕本來只是假哭假鬧，希望葉千秋能理會他，可是後來越說越黯然，竟然蹲了下去，伸出指尖勾著床單。

葉千秋深深吸一口氣，這傢伙縮小成狐狸之後，智商是不是也跟著減半了？但看著小狐狸委委屈屈的後腦杓，她忽然心軟了，伸出手拉住蘇輕的指尖，「別玩，勾破了得賠人家。」

蘇輕不肯轉過來，他越想越委屈，葉千秋肯定是因爲這樣才不搭理他，什麼以身相許都是妄想，葉千秋變回鬼子了，他卻徒有天狐的虛名……

葉千秋實在沒辦法，只得一把撈起蘇輕，輕輕抱著，臉還靠近了一些，蹭了一下。沒辦法，這傢伙頂著一身白毛在她面前招搖，不抓來揉揉試試手感太對不起自己了。

「蘇輕。」她的聲音在蘇輕耳邊輕輕響起，手上越抱越緊，「那時候我眞的以爲你死了……」

蘇輕癟嘴，他學藝不精、靈力低微，面對區區山妖野怪也能被逼成這樣，果然被嫌棄了。

他又想伸出指尖去禍害床單，但下一秒，他渾身一僵，他的皮毛上滾著一顆晶瑩的水珠，水珠從他的頸間滑落，落至腳邊。

葉千秋哭了嗎？

蘇輕心裡忽然很慌，他想轉身回頭，卻被葉千秋緊緊抱著。

「我眞的很怕害死你。你是天狐，就算被關在你說的什麼幽冥地底，也比待在我身邊好。你說你有奴僕數百人，每天還有好吃好喝的供著，你幹麼不回去？就算沒有自由，也比死了強！」

蘇輕刮刮臉，奴僕數百人其實都是爲了看守他，什麼好吃好喝的，也只是因爲幽冥地底的一切所需都是由仙人供應，而仙人的標準挺高的，於是伙食水準也相當不錯。

他輕輕開口，毛茸茸的爪子握著葉千秋的一根手指。「我也曾經這樣想，好死不如賴活嘛！我還想過，殺了妳之後，就去當仙人的一條看門狐，每天要是能瞧一眼凡間的繁華和污穢，我就心滿意足了。」

他掙脫葉千秋的懷抱，轉過身來，把小臉埋在葉千秋胸前。「但我遇到了妳。」他抬起頭來，眼珠子亮晶晶的，像是黑色的果核。「妳曾經說過妳不服命運，那一句話讓我思考了很久。我到底是想這樣過完漫長的數千歲月，還是像妳一樣，爭上一爭？」

葉千秋無語。

眞沒想到蘇輕是個死心眼的，當初她無心的一句話，卻改變了蘇輕的　生。

「我們……眞的能爭到一絲半點嗎？」葉千秋毫無自信。

「我們不是都還在嗎？」蘇輕瞇起了眼睛微笑。「而且我想好了，鳥人的態度基本上我掌握了八成，他雖然把我當棋子用，但在關鍵的時候，還是出手救了我們。」

蘇輕越說越有信心，「我覺得鳥人肯定有潛力當我們的盟友！」

葉千秋提醒他，「別忘了，他當初還讓你來殺我呢！」

蘇輕搖搖爪子，「他是說殺了成爲疫鬼的葉千秋。」

「我知道你的意思，我永遠不成疫鬼，你就永遠不必殺我。可是他會一直幫我們維持這個局面下去？」葉千秋不信，天上掉下來的不會是禮物，只會是鳥屎。

蘇輕卻點頭了。「不然他也不會在我們身上下禁制。以當時我們所受的傷來看，妳身上的鬼氣早吞噬了所有人氣，必成疫鬼。」

「那禁制差點害死了我！」葉千秋沒好氣地提醒蘇輕。

「天助自助者嘛！」蘇輕還是很有信心。

「好好好，我們偉大的天狐老師，那你現在想出什麼好方法了嗎？繼續躲著？

我身上的禁制已經消失了，冥界鬼主恐怕很快就會前來，到時候又要被打得滿身是傷，然後逃到不知名的地方？」葉千秋毫不留情地嘲諷。

對她來說，天上的仙人根本不值得信賴。仙人根本是跟冥界鬼主一路的傢伙，天下之大，在他們眼裡約莫也只是一場浮生幻夢。

而她與蘇輕就是夢中的戲偶，一朝上台，一朝謝幕，半點不由己。

相較於葉千秋的絕望，蘇輕倒是很樂觀，「我們可以主動談條件，不一定要繼續像水溝裡的老鼠一樣躲著。」

「你要談什麼條件？」

「我知道世界上有個最安全的地方，那裡有重兵看守、日夜巡邏，連一隻蒼蠅都飛不進去，我們要是能去那裡，就能一輩子過安穩日子。」

「哪裡有這種好地方？」葉千秋沒聽懂蘇輕指的是什麼。

葉千秋的問題讓蘇輕忽然扭捏了起來。他繞了繞小爪子，「這就要看妳的意願了，妳願不願意永遠在幽冥地底陪著我……」

葉千秋愣了一下才反應過來。「你不是說要爭一爭嗎？」

蘇輕理所當然地點頭，「是啊！我們爭一條網路線來，再添兩台電腦，玩他個昏天暗地，還有人一日三餐養著，有什麼不好？」

蘇輕的提議實在太超現實了，葉千秋被狠狠雷了一把。她義正詞嚴地說：「蘇輕，遊戲不能玩一輩子的，你總有玩膩的一天。」

「哦？」蘇輕明顯不信。「我可沒說永遠都玩同一款。再說，妳玩游戲玩幾年了？」

「……十年了。」葉千秋很痛苦地承認。

遊戲就是她的全部，她的金錢來源、她的交友圈、她的專長……她的愛。

「那不就得了？」蘇輕一拍掌，爪子碰爪子。「妳能玩一個十年，就能再玩好幾個十年，再說……」小狐狸可疑地臉紅了。

蘇輕低下頭，又鼓起勇氣抬頭看著葉千秋，「有妳陪著，我就不會玩膩了。」

今天蘇輕爲了潛進葉千秋的房間，刻意縮小了身形，現在的他只比一隻成年貓兒大一點而已，眼珠子骨碌碌地轉，鼻子溼潤潤的，嘴邊還有細毛，看起來就是隻漂亮的——畜生。

但剛剛蘇輕說的那句話卻讓葉千秋渾身發熱，好似看見蘇輕桃花般的那張臉，正風華萬千地對著自己笑。

「陪著我吧？」蘇輕電力全開。

「我……」葉千秋乾嚥了下口水。這太犯規了吧！

看著蘇輕微微發紅的臉頰，她忽然又覺得坦然了。天涯海角那裡不能待？命運對身爲疫鬼的她來說就是一個巨大的牢籠，如果她現在能憑自己的意思，爲自己找一個新籠子，是不是就能擺脫原本的命運？

她微微張口，正想回答蘇輕，房門就被砰的一聲撞開了。

黑明的腦袋伸了進來，喜孜孜地大呼小叫，「葉千秋，快醒醒！剛剛霜月打電話給我，說排行榜第一名的高手要加入我們，這樣一來，我們明星賽肯定能打進前五了！」

他說完這串話，才後知後覺地發現蘇輕也在。

「咦？蘇輕你也在啊？不對！你這傢伙怎麼跑出來了？我有沒有說過，你要是膽敢下床，我就把你的腳打斷！」黑明咬牙切齒，身爲醫生，他最討厭不遵守醫囑的病患了。

「我現在才要打斷你的腿！」小狐狸徹底氣炸，撲向了門口的黑明。「去你的明星賽，老子花前月下，美人在懷，你搗什麼亂啊啊啊啊啊！」

一人一狐打得熱熱鬧鬧，葉千秋坐在床上，撐著下巴，微微笑了。

或許眞的跟蘇輕說的一樣，他們總有退路的。

第八章

「你未成年？」

「不要拿人族的規範套到我身上！天狐一出生就有完整靈智與歷代記憶！」

「哦……以後不准親我。」

火氣很大的蘇輕跟黑明打上了一架，雖然身上又增加了不少傷口，但總算獲得了出院許可。畢竟能把自己的主治醫師打得鼻青臉腫的病患，大概也沒有繼續霸占病床的需求了。

再說，明星賽迫在眉睫，還有一個禮拜就開賽了。

所幸他們終於找到了第五個隊友，還歡欣鼓舞地把隊長的位置讓給了這名隊友。這個第五人來頭不小，連葉千秋聽到的時候都有些驚訝。

他的本名叫殷棋，在遊戲中的職業是守護者，人物名稱殷木其。他在競技場單人排行榜上高居第一名，分數紀錄更是所有伺服器最高的，第二名差他不只一大截，根本是被狠甩幾百公里，連車尾燈都看不到。

「這樣的大神為什麼會來我們這裡？」葉千秋問霜月。其他人點頭如搗蒜，像他們這樣的隊伍一抓一大把，遍地都是，大神何必屈身乞丐窩？

「私人關係嘍。」霜月笑嘻嘻地回答。

「哦——」所有人了然地點頭，意味不明地拖長尾音。

「不，不是你們想的那樣。」霜月無奈，她就知道這群人會想歪。「他是我的國中同學，我們一直都有聯絡，上個禮拜他找我聊天，我意外得知他也在我們這個伺服器，就找來一起來打明星賽了。」

霜月說得理所當然，蘇輕卻挑眉了。「人家大神不是只有單人排行榜的紀錄，他的團隊排行榜也是前十。」

意思是，人家有自己的隊伍呢！

霜月嘆口氣，果然很難敷衍過去。「你們別問了，別人的私事我不好多說，總之他跟自己的隊伍分開了，現在獨自流落在外，我就當好心撿回來養了。」

堂堂大神被妳說得跟棄嬰一樣……

幾個人心裡都浮現了同樣的想法。

不過反正是大神，大神不會誆他們，只有他們誆大神的份。畢竟成軍一個月的雜牌軍要打入明星賽前五，根本是痴人說夢。

所以，大神加入的事情很乾脆地拍板定案了。大神最高，大神當隊長。

「我說，你們可不可以不要一直大神大神的叫啊……」在語音通話裡面，殷棋的聲音顯得很無奈。「叫我阿殷就好了。」

「爾等凡人豈可褻瀆大神？」蘇輕跟黑明異口同聲地說。這兩個傢伙看完霜月提供的大神PK實錄後，就立刻變成大神腦殘粉了。

「再叫一次大神，那個人鐵甲烏龜的獵殺數就從一百隻提高到三百隻！」大神……不，阿殷終於忍無可忍。

鐵甲烏龜是一種皮糙肉厚，血防雙高的野生怪物，雖然攻擊力很低，但要打倒一隻大概得花十分鐘左右。

期間還可能會被烏龜施展的遲緩術擊中，只能看著烏龜悠哉地揚長而去，血魔又回到全滿。

簡而言之，打烏龜的CP值極低。

所以，幾乎沒有人會打鐵甲烏龜的主意，沼澤裡面全部都是，要是在某隻身上做個記號，隔一週再去查看，可能都還在那裡。當然，前提是能在烏龜海中找到做過記號的那隻。

曾經有人寫信問過官方，爲什麼要放這麼雞肋的野生怪在地圖裡。畢竟野生怪的用處就是供玩家練等級、打寶，因此鐵甲烏龜根本不具備存在價值。

當時官方迅速給了回應，只是理由很制式，遊戲需要。

這種遍地亂爬沒人要打的大烏龜，阿殷卻堅持大家必須刷滿一百隻。

美其名曰訓練耐力，不過除了兩個大神粉無所謂以外，葉千秋跟霜月都覺得，大神，您這是整人吧？

打烏龜太無聊了，打了半天，只會得到龜殼一個。

龜殼可以幹麼？可以占卜。只要花費十元遊戲幣，就可以得到明日運勢一份。

「官方人員眞是有夠無聊。」葉千秋蹲在火堆旁邊，燒著龜殼，嘖嘖稱奇。這種不能用來賺錢的東西，她一向不太清楚，花十元燒龜殼可以換占卜的事情，還是霜月跟她說的。

「妳還有幾隻沒打？」霜月也蹲在火堆旁，她除了烤龜殼以外還烤了鱷魚肉，順便練練烹飪。

葉千秋看了一下數據，嘆口氣。「七十六隻。」

霜月頓時樂了，幸災樂禍地報上自己的，「我只剩下五十九隻。」

「五十九隻，打一隻平均十分鐘，妳還要打九點八個小時。」

霜月頓時洩氣了。她將幾塊烤好的肉交易給葉千秋。「吃吃吧，可以增加1%攻擊力。」

「有總比沒有是吧？」葉千秋接過烤肉。

兩人在遊戲裡被灑上銀光的彎月湖邊，悲壯地大口咬下烤肉。

因爲葉千秋跟霜月太過偷懶，所以第一個發現阿殷苦心的是大神粉二號黑明。

他持續不懈地打足了一百隻鐵甲烏龜，誓言要成爲跟阿殷一樣縱橫PK場的人物，只能說男人對於強者都有種天生的崇拜。

而他打滿了百隻烏龜後，很驚喜地發現自己多了一個技能。

金龜鐵甲，可令角色在五分鐘內防禦力上升50%，堪比銅牆鐵壁，大大增加續戰能力。更令人驚喜的是，黑明的弓箭手打足一百隻之後，也得到了這個技能，代表這個技能是全職業通用的。

他在電腦前興奮地大吼大叫，葉千秋跟霜月也第一時間知道了，50%的防禦啊！這幾乎讓他們的勝算翻了兩倍以上。兩位嫌打烏龜太無聊而嚴重扯後腿的女性，立刻如火如荼地加入屠殺烏龜的行列。

一時之間，所有鐵甲烏龜都面臨巨大危機。

牠們看見嗷嗷亂叫的人類，就趕緊撒開短短的龜腿奔逃，可惜天生速度太慢，只能被迫和人類捉對廝殺，度過無比漫長的十分鐘後，才能找系統大神投胎去。

全體終於都獲得金龜鐵甲這個技能後，阿殷又帶著他們四處打製作裝備的材料，讓整個戰隊的防禦和攻擊力又提升了一個檔次，簡直將他們武裝到牙齒上了。

他還想出了很多嚴苛的訓練方式，比起霜月的背誦法，他更著重於實戰訓練，雖然此道正合蘇輕的胃口，但是重複在競技場中打磨，卻讓葉千秋有些不耐煩。

玩遊戲又不是殺人劫貨，她對PK的興趣不大，偶爾玩玩還可以，整天泡在裡頭看著自己的戰績上上下下，實在有點無聊。

阿殷還規定他們只能打單人競技，原因是他們各自的臨場反應實在太差，而且正式賽程已經公布了，總共有五場單人賽，三場團體賽。

單人賽五場的規定是為了讓每個團員都出賽，考驗玩家的單人戰力，團體賽則是五人一起，考驗隊友之間的默契。

每獲得一場勝利都可以得到一點積分，積分越多，名次往上爬升的速度越快。

所以單人的競技分數在明星賽裡面很是重要，誰都別想當大神的快樂夥伴。

賽制公布之後，葉千秋這一隊幾乎都泡在競技場裡面了。偶爾阿殷會帶他們出去放放風，但也都是爲了打寶做裝備，打到的東西不僅不能私自販售，還得上繳給隊長，那些寶物的價值讓葉千秋心疼不已。

「寶石用到最頂級的，也不過多附加一個額外屬性……」葉千秋看著角色背包裡一顆好不容易才打到的藍色七星寶石，磨磨蹭蹭的，就是不想交出去。

「一個屬性？我們有五個人，那就是五個額外屬性了！妳知道這在戰場上能夠發揮什麼決定性的作用嗎？」阿殷諄諄教誨，要葉千秋乖乖地把寶石交出來。

葉千秋只好心痛地點了交易，但交易出去之後，卻隨即收到新郵件。她困惑地點開，發現是蘇輕寄了一顆紅色的七星寶石給她。

葉千秋抬起頭來，蘇輕對她眨眨眼。

螢幕另一端的阿殷嘆口氣，掛斷群組通話，單獨跟霜月進行通話。

「妳這個隊伍到底是怎麼回事？一窮二白，窮得要死，也白目得要命！」阿殷抱怨著。

不要以爲他不知道，掉寶的機率他都算得好好的，葉千秋的背包裡面還藏著一顆六星的寶石，蘇輕理論上也該有一顆七星的，而且他剛剛還看到黑明把打到的東西全奉獻給了NPC！

「唷，您這是成語新解啊！」霜月笑了出來。「別把他們逼得太緊了。」

「我哪有逼他們太緊？」阿殷皺起眉頭，「這種水準連我隊伍的一半都不到。」

「這支隊伍現在就是你的。」霜月提醒他。

阿殷抹抹臉，「我知道。」

他跟葉千秋其實算半個同行，同樣是職業打工戶，只是跟葉千秋的小打小鬧不一樣，阿殷有自己的工作室，還聘了六個員工，專門打寶、代練、賣金幣。

他之前的隊伍成員就是工作室的成員，加上……他老婆。

「你跟她現在打算怎麼樣？」霜月忽然問了一句。

阿殷點起一根菸，「還能怎麼樣？之前已經說好，她要工作室，我要孩子。」

「她真的這麼絕情？」

阿殷搖搖頭，「不怪她。」他虧欠她的太多了，青春歲月、無數年華，人總是這樣，失去了才知道珍惜。

「那她也不能跟你的好朋友搞在一起。」霜月冷冷地說。

「所以我要報仇。工作室我不碰，但是那支曾經屬於我的戰隊，我要親手摧毀。」阿殷踩熄了菸。本來結婚後，他就不抽菸了，睽違十年又重新拿起菸，他的感想只有一個——嘖，這菸真他媽的貴。

「打贏了，真的就能毀掉他們？」

「那傢伙一輩子都在跟我比，比學業比老婆，連工作都要跟我一模一樣。我如果用這支雜牌軍贏了他，他臉上的表情肯定很精彩，說不定會連自己的戰隊都不要了。」

「那你想報仇還不下點本錢？」霜月微笑。

阿殷笑了。「就知道妳想拐我。行了，他們的裝備我全包了，這點家底我還有，也不要他們出了。一個小氣巴拉跟守財奴一樣，一個明裡暗裡全給了她，一個……」

阿殷嘆口氣，不知道該如何定義暗戀NPC的奇葩。

「好了好了，嘆一次氣少活三天。」霜月躺在病床上，聲音透過耳麥傳到阿殷耳裡，「有事別藏在心裡，大家老同學一場，我也不希望你過得不開心。」

阿殷點頭，「知道了。對了，這次同學會妳不來嗎？算起來，我們也很久沒見到妳了。」

「不去了。公司忙呢！」

呵，她要阿殷別把事情藏在心底，但她自己不也一樣？有些事情，說出來也不會有任何改變，只是徒增別人的心理負擔罷了。

「我不要！」葉千秋抱著枕頭，臉色鐵青地瞪著蘇輕。

蘇輕一身俐落的運動裝，還穿了一件連帽外套，看起來精神十足。他手上拿著一件厚毛毯，是剛剛從葉千秋身上拽下來的。「阿殷說我們每個人每天都要跑步一個小時！」

葉千秋瞪著蘇輕，好半晌才吐出一句，「都成年了，不應該崇拜偶像。」

蘇輕不明所以，「我才沒有崇拜偶像。」

「那你崇拜阿殷做什麼？他說的話又不是金科玉律，跑步對打比賽有什麼好處？更何況現在天．還．沒．亮！」

「運動有益身心健康。」蘇輕咧開嘴笑，「而且阿殷說，跑步有助於訓練專注力。」

「去他的專注力！」

蘇輕卻把毛毯裹在自己身上，大有葉千秋不起床，他就不離開這裡的意思。

葉千秋煩躁地抓了抓頭髮，「啊！」她大叫一聲，心不甘情不願地下了床鋪，赤足踩上冰冷的地板，隨便套了一件衣服，瞪著蘇輕，不滿地走出臥房。

他們沿著森林的邊緣跑下山，山下有一個小鎮。這裡其實離他們當初暫居的城市也不算太遠，搭乘大眾運輸工具大概一個小時就能到。

此時天色才剛濛濛亮，時間是凌晨四點半。

「我肚子餓了。」葉千秋脾氣很壞地開口。

蘇輕舉起雙手，趕緊投降。他左右張望，沒看到早餐店，卻看到一個孩子怯生生地看著他們。

那孩子是個小女娃，大概才五、六歲。

她一雙大眼睛骨碌碌地轉，看起來十分可愛，只是都入冬了，她還穿著小短裙跟小背心站在街口的寒風裡，楚楚可憐。

蘇輕跟葉千秋都看到了，他們垂下眼簾，從小女娃身邊走過。她的視線灼熱得能燙人，但他們加快腳步，說什麼都不回頭。

只是走了好一陣，早餐店沒看到半間，倒是小女娃跟著他們繞了鎮上大半圈。

葉千秋實在受不了，她轉身往回走，卻被蘇輕一把拉住。

「別管。」蘇輕對她搖搖頭。

葉千秋擺擺手，「沒事。」

她蹲下來，雙眼平視著小女娃。「妳怎麼一個人在這裡？」

小女娃咻地躲到電線桿後面，只探出半張白嫩的小臉蛋，還是直勾勾地看著他們。

蘇輕一樂，也走了過來，「該不會是個小傻子吧？」

葉千秋瞪他一眼，「瞎說什麼。」她轉回頭，嘗試著笑得親切一點，「跟姊姊說，妳怎麼會一個人在這裡？」

小女娃仍然不肯說話，還越躲越後面。

蘇輕看著葉千秋，語重心長地說：「我覺得妳還是不要笑比較好，妳笑得人家害怕啊，妳又不像本大爺，人見人愛花見花開！」

葉千秋沒好氣地看著蘇輕，「你行？你來！」

蘇輕刮刮臉頰，好吧，這話是說得太滿了一點。他蹲下來，彈了彈指尖，一朵藍色小花出現在手裡，他把小花遞出去，滿心期待地看著小女娃。

只是他笑得臉都僵了，手也痠了，小女娃不給面子就是不給面子，毫無反應。

蘇輕嘆口氣，小花跟著落到地上，化爲一根狐狸毛。

「人見人愛？花見花開？嗯？」葉千秋連問三句，問得蘇輕倒退三步。

「十歲以下的小屁孩不是本大爺的客群。」蘇輕哼哼兩聲。

「懶得理你。」葉千秋翻了個白眼，輕輕握住小女娃的手。「別怕，姊姊跟……叔叔都不是壞人。妳叫什麼名字？」

蘇輕立刻在旁邊哇哇大叫，「喂喂，爲什麼妳是姊姊我卻是叔叔？」

「你也不想想看，你的年紀都可以當人家不知道第幾代的祖先了，好意思讓她叫你一聲哥哥嗎？」

「天狐一千五百歲才成年，本大爺青春年華正當時！」

「所以你未成年？」葉千秋大驚，難道她曾經跟一個未成年少年接吻？

她一臉被天雷打到的樣子，氣得蘇輕臉都綠了。「不要拿人族的規範套到我們身上！天狐一出生就有完整靈智與歷代記憶！」

「哦……」葉千秋受教地點點頭。「以後不准親我。」

她說得理所當然，臉卻不禁紅了。不管，她得先聲明，她實在無法接受自己跟一個未成年少年這樣又那樣的。

「葉千秋，就跟妳說天狐的成年和人類的成年不一樣！」蘇輕氣得哇哇亂叫，而且葉千秋現在講這種話，是要他……

蘇輕舔了舔唇瓣，忽然覺得口乾舌燥起來。

「我理智上知道，但情感上無法接受啊！」葉千秋這次非常堅決，她雙手交叉在胸前，戒備地瞪著蘇輕。

蘇輕氣急敗壞地大吼，「本大爺喜歡妳是妳的榮幸好不好！妳那什麼臉啊氣死我了啊啊啊！」

蘇輕簡直要氣壞了，沒想到他無往不利的男性魅力，竟然在葉千秋這裡受到前所未有的打擊。

小女娃看著蘇輕，好像看到了什麼有趣的生物，突然咯咯笑了出來。蘇輕抹抹臉，覺得自己實在太丟臉了，竟然被人類的黃口小兒恥笑。

葉千秋一看小女娃好像沒這麼怕他們了，趕緊又靠近一點，朝小女娃信心喊話，「看吧，我們不是壞人哦。來，跟姊姊說妳叫什麼名字。」

小女娃偏了偏頭，張了張口，有些困惑。

她叫什麼名字？

媽媽明明曾經溫柔地叫著她的名字，那個她一聽見就會很開心的名字。

怎麼完全想不起來了？

小女娃面露驚恐，嘴巴一張，大哭了起來。

蘇輕跟葉千秋簡直傻了。

小孩子都是這樣嗎？這一秒笑下一秒哭？情緒轉折也太大了吧！

葉千秋無奈，只好伸出手，把哭得稀里嘩啦的小女娃抱了起來。小女娃沒有抗拒她的接觸，反而還靠在葉千秋的肩膀上，越哭越傷心。

她抽抽噎噎地說著：「媽媽、媽媽……」

「我不是妳媽啊……」葉千秋略顯無奈。「來，跟姊姊說，妳還記不記得妳家在哪裡？」

小女娃哭聲漸歇，第二個問句的答案她是知道的，事實上她就住在這個小鎮上。但她有些惶恐地伸出手指頭，猶豫不決的，不知道該往哪裡指。

「妳想回家吧？」蘇輕已經確定小女娃是聽得懂人話的，於是乾脆看著小女娃的雙眼，「妳想回家的吧？不然妳不會在這裡。妳想回家的話，就幫我們帶路，我們會帶妳回家的。」

小女娃似懂非懂，咬著自己的下唇，似乎還是很猶豫。

「別怕，姊姊會保護妳的。」葉千秋親了一下小女娃的額頭。

小女娃好似受到了鼓勵，小手指終於伸向一個方向。

葉千秋抱著小女娃，蘇輕跟在一旁，兩個人在鎮上轉了大半個小時，最後站定在一間鐵皮平房前。

先前隨著越來越接近那棟房子，小女娃臉上的恐懼神色越發明顯。當葉千秋抱著她站在門口的時候，小女娃瑟瑟發抖著，躲在葉千秋懷裡，完全不敢抬頭。

「是這裡嗎？」葉千秋低聲問。

小女孩渾身顫抖，但還是堅定地點了點頭。

她，想回家。

葉千秋摁下門鈴，她原本還在擔心，如果沒有人在家該怎麼辦？但只過半晌，裡頭就傳來腳步聲，大門很快地被打開，一名憔悴的婦人站在葉千秋跟蘇輕面前。

「請問有什麼事情嗎？」婦人十分削瘦，還有些駝背，她下意識地想隱藏自己的存在，縮著身子。

葉千秋沒有說話，她盯著大門內，位於客廳正中央的靈堂。

靈堂上方赫然掛著小女娃的照片，照片中的她豐腴可愛，笑得天眞無邪。葉千秋嘆口氣，心下了然，其實生魂跟死魂她不會分不出來。

死魂帶著濃厚的鬼氣，不管怎麼遮掩都是藏不住的。

她只是希望自己這次說不定是判斷錯誤了。

葉千秋跟蘇輕都沒開口，婦人也沒再次詢問，她只是侷促不安地站著，彷彿畏懼任何事物。

「她是妳的誰，又是怎麼……走的？」葉千秋指著靈堂上的照片，斟酌著用詞，她不想在小女娃面前提到那個字。

「她？」婦人被葉千秋的問句驚醒，好似忽然被從自己的世界裡喚出來。她順著葉千秋的視線看向靈堂上的照片。「她是我女兒，前些日子跌倒……就這麼去了。」

「妳說謊！」葉千秋忽然發怒。她不知道實際上到底出了什麼事，小女娃看起來雖與常人無異，可是靈體的狀態會反映身前最驚懼的時刻，她的手臂上、裙襬底下，甚至是脖子，全都布滿了深紫色的瘀痕！

「妳是她媽媽，爲什麼沒有保護好她？」葉千秋幾乎失控。由於母親早逝，因此她對於母親一直懷抱著單純的孺慕跟渴望，卻沒想過世界上竟有這種母親。

「不是我、不是我！」婦人看著葉千秋慍怒的神情，突然蹲了下去，雙手抱住腦袋，胡亂地哭喊著，「不是我！眞的不是我打的！我沒有打央央！」

葉千秋一愣，小女娃掙脫她的懷抱，朝縮成一團的母親跑去。小女娃張開雙手，把臉貼在母親背上，不住地磨蹭著，手掌還一下一下地拍著。

「痛痛、痛痛飛走了，媽媽不痛了、不痛了。」

葉千秋一瞬間不知道該說什麼。她抽出腰間的銀長刀，冷聲問：「兇手是誰？誰害了妳女兒？又是誰打妳了？」

婦人驚恐地抬頭，看著葉千秋手上的刀，拚命向後爬，「沒有人、沒有人打我！我女兒是撞到頭才死的，跟他沒關係！」

「他？他是誰？」葉千秋步步逼近。她不是不同情這個母親，但她還能跑，還有命活著，小女娃呢？

「他……」婦人宛如驚弓之鳥，不住地搖頭。

「誰啦！大清早的，吵死人了！」裡邊的房間忽然爆出怒吼，玻璃瓶破碎的聲音隨之響起，婦人跟小女娃都是一抖。婦人努力地想把身子縮到更小，小女娃則躲在母親身邊，幾乎不敢張開眼睛。

葉千秋提著刀，身後跟著蘇輕，兩人直接闖入裡面的房間。

床上有一名男子四叉八仰地躺著，他渾身酒氣，不耐煩地皺眉拿起床邊的酒瓶往外摔去，「不會全部都去外面死一死喔！敢吵恁爸睡覺，是不想活了喔！」

葉千秋一把劈開迎面而來的玻璃瓶，玻璃渣在空中飛散，落了一地。

床上的男子終於覺得不太對勁，他昏昏沉沉地坐起來，看著眼前的葉千秋跟蘇輕，揉揉眼睛，「你們是誰？跑到我家裡來做什麼？」

葉千秋舉起刀，對著男子的臉，「林文央是不是你害死的？」

林文央是央央的全名，就寫在靈堂的正中央。

男子一愣，隨即大聲怒吼，「素蘭！素蘭，妳給我滾進來！這是哪裡來的瘋子，爲什麼會在我們家？」

婦人跌跌撞撞地跑進來，「我、我不知道……」

葉千秋蹲了下來，直視著渾身顫抖，卻仍然堅持拽著媽媽衣角的小女娃，用力逼退自己眼中的淚，「是不是他？」

葉千秋的刀指著床上的男人。「是不是他害死了妳？」

小女娃看著眼前紅著眼眶的姊姊，忽然覺得不怕了。

她張開小嘴，奶聲奶氣地清晰說著，「他把我丟到臭臭的水溝裡，央央撞到頭，央央痛痛。」

葉千秋深深吸一口氣，她拿出手機，扔給蹲在地上的婦人。

「報警。」

婦人抬起頭，神情呆滯，遲遲沒有動作。

「報警。」葉千秋面無表情地看著她。「不要讓我說第二次。」

床上的男子還想說話，葉千秋的刀卻動了，她往前一遞，刀尖恰恰好指著男子的喉嚨。

男子張了張口，什麼都不敢說。

「妳現在報警，至少能少欠妳女兒一點。」葉千秋看著小女娃緊緊抱著自己母親的模樣，終究放軟了聲音。

但婦人什麼都看不到。她忽然站了起來，撥開葉千秋的刀尖。

「妳懂什麼？他去坐牢，我們一家五口還有飯吃嗎？妳以爲我就這個女兒嗎？我還有三個兒子啊！」

葉千秋渾身發冷，「女兒就該死嗎？」

婦人點頭又搖頭，「不，不是央央的錯，但我們都要吃飯，妳懂什麼啊……要是他不給我錢，我跟我兒子都要一起餓死啊……不！我絕對不報警，要我報警，妳乾脆殺了我！」

「妳明明是當人家母親的，妳眞的有替自己的女兒想過嗎？」

「央央去投胎也好，我們家太窮了，養不起那麼多孩子，她死了也好！」婦人幾乎崩潰。

她嚎啕大哭起來，張開雙手站在男子面前，哭得一把鼻涕一把眼淚，說什麼都不肯移開。

小女娃的手慢慢地放開了。

她還很小，事實上她才剛滿六歲而已。

但是她聽得懂。她知道媽媽爲了保護壞人，不要她了。

葉千秋幾乎無法反應。任何一個生命都珍貴無比，她無法想像一個母親會爲了其他孩子割捨掉自己的骨肉。

蘇輕撿起地上的手機，輕輕撥了出去，他報了案，要警察重新查這宗女童意外死亡的案件。他什麼證據都沒有，只說當時見到小女娃被扔進水溝裡。

當然，這是僞證。

不過警察會去查的，就算最後發現蘇輕其實根本沒有看到，但總會查到有其他人看見。

再不然，還有很多的蛛絲馬跡，都可以證實小女娃生前曾經飽受凌虐。即使從屍體的表面上看不太出來，不過一驗屍就知道了。

警察到的時候，葉千秋跟蘇輕早就走了。他們慢慢走回山上，留下婦人跟男子。他們以後會怎麼樣呢？

葉千秋不想關心了。

隨便他們吧，不管是坐牢或者是繼續這樣的生活，直到婦人自己也被打死。

那都是他們的選擇。

她牽著小女娃的手，一步一步地走上山。

「我們回家。」

她對小女娃說。

第九章

她到底是怎麼把純真的小狐狸污染得眼裡只有錢……
現在扭回來還來得及嗎？

不過是一趟慢跑，都能撿回一個小女娃。

葉千秋大概也是前無古人，後無來者了。

好在小女娃其實是小女鬼，所以也不用進食，更沒有每日接送上下學的問題，還不會夜哭，挺好的。

葉千秋便這樣把小女娃放養了。

眞的就是字面上的意思，她把小女娃放到了山裡養。小女娃挺看得開，偶爾跑去嚇一嚇黑明的實驗對象，偶爾飄到山下城鎮去探望她母親，過得倒也自在。

據說她父親後來還是被關起來了，畢竟小女娃的屍體一驗就知道有蹊蹺，當初沒有被發現，只是因爲一連串的疏忽跟錯誤而已，並不是眞的沒有天理與公義。

而生命果然會自己找到出口，她母親跟三個弟弟終究沒餓死，社福團體積極介入了，不僅沒有帶走小女娃的弟弟，還協助她母親研擬了幾種營生的方式。

聽說她母親現在正在某所小學門口賣烤地瓜。

這些葉千秋都不打算管，她也不會攔著央央回家，甚至央央調皮搗蛋，捉弄山下城鎮裡的人，她也都睜一隻眼閉一隻眼。只要不傷人性命，其他的就隨央央自由發展，也算是彌補她早夭的童年。

這些都是後話。

目前，他們這支臨時組成的雜牌軍終於要迎來第一次的比賽了。第一戰的時間在週日晚間八點，會有一百支隊伍按照公布的賽程同時進行比賽，先是五人各自展開單人賽，接著才是團體賽。

由於報名的隊伍眾多，所以第一輪的海選必須八分全部拿到才能晉級，也就是說五場單人賽要全贏，拿下五分，三場團體賽也一定得贏。

總之，意思就是一場都不能輸。

「誰輸了，我就罰他再刷一千隻鐵甲烏龜！」阿殷惡狠狠地威脅。

「大神說要刷一萬隻，我想腦殘大神粉也不會有二話。」霜月涼涼地說著。事實上，這個比賽對牧師非常不利，畢竟牧師幾乎沒有攻擊技能，本來就不具備PK優勢，不過要是把五人全換成打手型職業，在團體賽又會比例失衡，風險更高。

如何選擇報名參加比賽的職業，是一支隊伍的首要課題。

他們這支隊伍的名稱很淺顯易懂，在黑明跟蘇輕的極力要求、葉千秋跟霜月的無意見下，最終拍板定案爲「大神最高」。

阿殷拿到比賽分組表的時候，氣得都快吐血了。他打電話給霜月，陰惻惻地說：「我現在除了這個帳號以外，什麼都沒有了，叫我大神是想氣死我嗎？」

阿殷很生氣，霜月卻很淡定。「人家仰慕的是你的技術，又不是你的人，你別臭美了，這個隊名也沒什麼不好，不然你想一個？」

患有取名無能症的阿殷很乾脆地沉默了。

霜月都還沒吐槽他，當年他女兒的名字還差點叫做殷麗華呢，和東漢光武帝的皇后名字一樣。雖然此殷非彼陰，但自己的老同學有多少能耐，霜月依舊是很清楚的。

大神最高隊的名稱就這樣確定下來。

別人的隊伍成員多則十人，少則六人，因此還有人選能輪換，可是大神最高隊從一而終，就只有阿殷、蘇輕、黑明、葉千秋、霜月，一共五人。

別說換了，連挑都沒得挑。

所以，霜月現在很認命地舉起牧師法杖，等著被傳送到競技場內。

白光一閃，除了霜月被傳送進去以外，其餘隊員也都進入了各自的戰場。

蘇輕看著周圍的地形，微微皺起眉頭。這張地圖是一座山洞，他對這裡還算熟悉，原因是該死的葉千秋曾經為了情人節套裝，而逼他來這裡爬山壁。

他轉了一圈，還沒看見敵人。

這個山洞說小不小、說大不大，五分鐘內可以從頭走到尾，但是大大小小的山岩錯落，可以躲藏的地方很多，當初他為了爬到山洞頂端，可是吃了好一番苦頭。

爬上去又掉下來，爬上去又掉下來，實在是佛也發火的慘痛際遇。

如果是這張地圖的話，遇到刺客就會有麻煩了。

蘇輕沉吟著，仍然筆直地往前走。畢竟劍士天生沒法走猥瑣路線，招式全都是大開大闔的路數，因此與其東躲西藏，不如正大光明地面對。

再說，比賽可是會全程進行網路直播的，他可不想破壞堂堂天狐的形象。

蘇輕不知道的是，這只是海選罷了，根本不會有人去看直播。

他轉著視角，上下左右地查看，人物還在往前進。事實上他也不知道自己要去哪裡，畢竟只有觀眾才知道他的對手躲在哪裡。

幸好在比賽中也不能無止盡地躲，一分鐘內沒有移動位置，就會被系統判定爲斷線，輸掉這場比賽。

你就躲吧，說不定你躲一躲忘記時間，那我就贏了！

蘇輕喜孜孜地想著，自顧自地往第一個跳點前進。他俐落地往上一跳，反正對手又不出來，乾脆來爬山壁吧，爬上去就算沒有寶箱可以打開，也可能可以抓到那隻鬼鬼祟祟的小耗子。

蘇輕操縱著劍士左閃右跳，很快爬了上去。

托變態霜月的福，已經制霸全遊戲跳點的蘇輕表示毫無壓力。

時間又過了五分鐘。

如果這場比賽眞的有觀眾願意看，大概也已經呵欠連連，關掉螢幕了吧。蘇輕心裡想著，人物還是一階一階地往上跳。

就在那裡了！

蘇輕眼睛瞇了起來，往上一躍，剛好摸到寶箱的邊緣。

不知道競技場地圖中的寶箱會放什麼呢？

蘇輕不假思索地移動游標，順利開了寶箱。開啓寶箱時需要時間讀取資料，而就在這個瞬間，一張銀色的網子迎面而來，是刺客的技能「天羅地網」！

天羅地網有25%的機率成功發動，一旦被網子捕獲，將會有五秒鐘的時間動彈不得，到時蘇輕的人物就死定了。

躲在暗處的刺客終於現身，他想的跟蘇輕一樣，先來到制高點就能掌握更多的局勢主導權。但他本來以爲，蘇輕爬上山洞頂端後，必然會戒備萬分，沒想到這傢伙卻想也不想地伸手摸向寶箱。

這人是想要寶物想瘋了嗎？

刺客雖然感到意外，不過還是毫不猶豫地使出技能。他身上預先穿戴了能夠提高技能發動率的裝備，雖然減少了一些防禦力跟血量，但是他的網子一出就有95%的機率發動，幾乎沒有人可以逃過，已經是勝券在握。

但出乎他意料的是——

蘇輕笑嘻嘻地看著他，頭上冒出一個往右邊指的箭頭符號。

刺客還想不明白，蘇輕下一秒就把他砍翻在地，刺客措手不及，往外滾了三圈——剛剛好從大岩石上滾了下去。

刺客本來就是血少攻擊力高的職業，他又穿了扣防扣血的裝備，這下子人物從半空中直墜到地面上，螢幕前的刺客主人慘叫一聲，血量毫無懸念地全數歸零。

蘇輕站在山頂上，認出了底下刺客身上那套稀有的裝備。

增加發動機率，減少防禦跟血量是吧？

嘿嘿，跟天狐賭機率，傻了吧？他可是天生地養的唯一天狐，機率之神不站在他這裡，難道還站在對手那嗎？

坐在螢幕前的蘇輕得意地甩甩尾巴，在黑明的妙手回春下，他的九條尾巴一條不缺地長回來了。

他甩啊甩的，歡快地離開了競技場。

蘇輕本來以爲自己是最快結束比賽的，畢竟他跟對方也才交手兩招，一人一招，比賽就結束了。沒想到他一拿下耳機，就見到身旁的葉千秋跟黑明都一臉古怪地看著他。

「幹麼啊你們？大家都打完了？怎樣怎樣，戰績如何？」蘇輕迫不及待地問，大家卻只是沉默。

好半晌，霜月才悠然長嘆，「近朱者赤，近墨者黑，葉，這肯定是妳帶出來的壞習慣。」

葉千秋張了張嘴，好半天都無法反駁。

在比賽中還想著跳點拿寶箱，這傢伙也太不會看時機了吧？

難道她對蘇輕的影響眞的這麼大嗎？

不，是這傢伙天生蠢貨吧……

葉千秋陷入了難解的沉思中，腳步虛浮地飄回二樓。身爲天狐在人間最熟識也最親近的人，她覺得自己有必要好好反省一下。

到底是怎麼把這麼純眞的小狐狸污染得眼裡只有錢啊……

現在扭回來還來得及嗎？

「喂喂喂！你們到底打得怎麼樣啦？該不會只有大爺我贏了吧？喂喂喂！有沒有人要理我一下？」

蘇輕自顧自地在位子上大喊，一樣沒人理會他。

蘇輕本來懷疑大家是不是都輸了，才不敢面對他，但事實上，除了蘇輕以外，每個人都在一分鐘內就了結了對手。

畢竟只是海選而已，各戰隊的實力參差不齊，他們這支大神最高隊至少還被霜月跟大神輪番調教過，裝備也全部由大神買單，可以說是武裝到牙齒上了。

雖然只是稍微脫離雜牌軍的等級，不過已經可以海放掉一大票玩家。

所以，在三場海選中，他們這隊一直都是八分全拿，毫無壓力地一路挺進，很快進入了百隊競技的賽程內。

進入百隊競技後，官方的賽制有了調整，一樣是五場單人賽加上三場團體賽，但是單人賽的部分改爲擂台制，意思是輸了離場，贏了就繼續待在場上。

這個賽制對葉千秋他們來說，是相對有利的。畢竟大神一出，誰與爭鋒，大神要是沒有把對方全包了，那就太有辱大神的名號了。

But，前提是大神有被系統抽中，誰先上場完全是隨機抽選的。

大家都知道，世界上最令人討厭的東西就是這個but了，大神最高隊從進入百人競技開始，一直到殺入前三十名，殷棋都沒有受到系統任何一次的青睞。

標準的冷板凳角色一個。

對此，大神倒是看得很開，「王牌是最後的時候才能用。」

眾人心裡默默地想，現在您這張王牌，我們是想用也用不了啊！

不過或許是臨陣磨槍，不亮也光，被大神這樣磨一磨，他們竟然也算是有模有樣，眞的一路闖進了三十強。

這個遊戲還沒有發展出職業選手，外界都把這次的明星賽當成官方即將成立職業戰隊的前哨宣傳，遊戲官方對此不否認，也不承認。

但官方不斷投入資金進行明星賽的相關宣傳，也很積極地修正各種經由比賽而發現的弊端。

原定戰隊人數最多十人，現在縮減為六人，五名主力，一名候補。

當然，大神最高隊仍然只有主力，沒有候補。

雖然現在他們慢慢打出了名氣，想要找一個候補也不是什麼困難的事情，甚至跟其他戰隊合併，吸納對方的人才，換掉隊內老是扯後腿的選手，也是外界的猜測之一。

但大神最高隊沒有任何動作。

他們開了一次小組會議，事實上，最不利賽事的是黑明跟霜月。黑明本來反應就慢，手速也不行，幾乎是被逼著成長起來，再加上阿殷提供的優良裝備以及絕佳的運氣，才勉強走到了這裡。

霜月則是因為職業的關係，牧師在PK方面本就比較弱勢，卻又有可能在團體賽中發揮關鍵作用。畢竟PK場上有句老話，千萬不要跟背著奶媽（補師）的人打架。

牧師一個吟唱，都能讓你打半天才磨掉的血條瞬間回滿，不僅勞心勞力，還浪費時間。

大神最高隊本來召開了一場會議，要好好討論隊員的排除跟補進問題，但在黑明忙著跟雅美娜聊天、霜月忙著跟葉千秋抱怨最近都沒看到養眼的男人、蘇輕偷偷溜去打單人競技、阿殷被自己女兒第一百次問媽媽爲什麼都不回家的情況下——

這件事情就這樣定案了。

所謂的定案是什麼？

「既然沒有討論出更好的辦法，那我們就按照舊的編制吧。」阿殷輕咳兩聲，不斷把往他身上爬的女兒抓下去，決定大神最高隊維持原有成員，繼續打明星賽。

總之，這個結論嚇壞了一干人等，連官方都派來記者要採訪他們。可大神最高隊一個個都是見不得光的人物，阿殷完全搞不清楚爲什麼一說到上電視，大家就悶不吭聲，當作斷線沒聽到。

最後，眾人乾脆把這個機會丟給了阿殷。

阿殷上節目的時候，不僅好好把自己收拾了一番，還拿出結婚時穿的西裝，人模狗樣地述說大神當年也不是大神的勵志故事。

據說收視率還不錯，甚至拉到了一些贊助，他們一人得到一套戰袍跟耳機、麥克風、滑鼠、鍵盤。除了人以外，其他用來打比賽的東西都一應俱全了。

只是收到包裹的時候，自認審美觀高凡人一座喜馬拉雅山的蘇輕十分不滿。

「這啥？我們是要cosplay乞丐去打比賽？」

蘇輕嫌棄地拎起其中一件。

葉千秋有些無語，聽說這整套皮衣價值不斐，居然被蘇輕說成乞丐裝，也太不識貨了。

但更無語的是，她又覺得，蘇輕惡毒的評價其實有點道理。

大神最高隊的贊助商是個科技公司，旗下的產品多如牛毛，老闆自己也是這款遊戲的忠實愛好者——更正確地來說，是阿殷的頭號腦殘粉。

這次阿殷上了節目，對方就透過相關管道聯繫上了阿殷，討好似的送來五件昂貴的皮衣，還有整套的電子競技配備。

只是皮衣雖然質料實在，車工優良，上頭卻貼滿了科技公司的產品圖。

從耳機貼到了鍵盤，再貼到風扇跟散熱器，葉千秋看著十幾張的產品圖全都貼在皮衣上，遠遠一看的確很像各種補丁，難怪蘇輕會嫌棄是乞丐裝……

說實話，她也不想穿。

葉千秋打了一通語音電話給阿殷。

「你寄那些給我們做什麼？」

阿殷的聲音在耳機裡響起，他剛剛才把他的寶貝女兒哄上床，此時忍不住打了個呵欠。「你們還不知道嗎？第一名的戰隊要到遊戲公司去領獎，除了本來說好的獎金跟獎品以外，還可以上報紙。」

「上報紙？」葉千秋心裡有了不好的預感。

「配合宣傳嘛！他們之後要打職業聯賽，明星賽就算是職業選手的海選了。」阿殷說得很理所當然。

「那跟你寄這些東西來的關聯是？」

「放玩科技公司贊助我們的唯一條件，就是要穿他們的衣服上電視啊。」

「你、你該不會答應了吧？」葉千秋覺得很不妙，非常不妙。

「啊？」阿殷傻笑了一下，「簽約成為職業選手什麼的，我是沒有答應啦，但幫人家科技公司拍拍宣傳廣告和幾張平面照片，我想應該沒關係吧？」

「沒關係你個頭！」葉千秋覺得頭都痛起來了，阿殷是巴不得全天下的人都知道她跟蘇輕在這裡嗎？

「那是打到冠軍才要煩惱的事情啦。」阿殷無所謂地揮揮手，「人家說要贊助，我就先收下來啦！就算衣服你們不穿，耳機、滑鼠還有鍵盤可好用了，叫大家熟悉一下吧，晚上就要打比賽了。」

「……好吧。」葉千秋很快妥協了。反正第一名什麼的絕對是浮雲，就算有大神外掛加持，她也不信他們能奪得第一。

大神都發話要大家抓緊時間熟悉新配備了，眾人便從善如流。

只有霜月一樣用著自己的筆電跟熟悉的滑鼠。

「欸，方蕪月，我特別選了粉紅色的滑鼠給妳，對妳不錯吧。」那天晚上開賽前，阿殷特地打了語音電話給霜月邀功。

方蕪月是霜月的本名，阿殷一直都是連名帶姓地叫她，他們國中就認識了，一直都保持著聯絡。霜月性格潑辣，卻酷愛粉紅色，小至手機，大至腳踏車，她除了粉紅色以外，從不做他想。

這麼特別的喜好，在他們的朋友圈裡面是無人不知無人不曉。所以阿殷一看到粉紅色的滑鼠，就先挑起來給了霜月，算是小小徇私了一把。

「嗯，看到了。」霜月笑了。她舉目四望，醫院的一切全都是白的，除了手上的筆電以外，她已經很久沒見過粉紅色的東西了。

「喜歡就好。」阿殷滿意地點點頭。他沒有細想，爲什麼霜月沒跟他抱怨如果鍵盤跟滑鼠都是粉紅色的該有多好？

霜月掛斷電話，怔怔地看著眼前雪白的牆。

病人其實沒有太多選擇。

阿殷寄給她的東西都還安穩地躺在她家大樓的管理室裡，霜月無法回去拿，也沒想過要讓阿殷寄到醫院來。

不然被醫生看到又是一頓碎念了。

就這樣吧……

霜月聳聳肩，接著點滴的手握著滑鼠，點入了競技場。

他們今天晚上迎戰的隊伍是七里香。名字聽起來挺不錯的，阿殷事前調查過，對方也是為了這次比賽臨時組成的雜牌軍，不過勝率還算不錯，隊伍裡面有劍士、法師、刺客、牧師、守護者，算是很中規中矩的組合。

今天晚上打一場之後，就知道對方到底是香花還是雞屁股了。

阿殷嘴角噙著笑，回頭看了一眼女兒的房門，而後慢慢收起笑容，點下準備完畢的選項。

比賽開始，這次系統率先抽到了葉千秋，由她來打擂台賽的第一場。葉千秋轉眼間被傳送到競技台上，白光一閃，整個競技台的地圖變換完畢。

是水下！

官方眞的出了水下戰鬥地圖！

觀看轉播的玩家們驚呼一片，遊戲裡雖然有水下戰鬥的選擇，但水下戰鬥一直很冷門，畢竟沒有人會閒著沒事跑到水裡去互毆，頂多是為了解任務才會跑到海裡游一游。

這次的明星賽，大家都在猜測會不會有水下地圖，結果終於在三十強比賽的時候出現了。出現水下地圖，也代表以後水下世界可能會是官方改版的重點之一。

葉千秋的人物戴上潛水面罩，輕巧地鑽入海底，一抹如深紅色烈焰的身影在各種巨大的植株間游著。

這張地圖有點陌生，她一時想不起來是遊戲裡的哪一個場景。

但水下戰鬥都是差不多的，要克服的是人物視角加重的暈眩感，還有法術技能在水中的削弱。

葉千秋找了一個巨大的貝殼當作暫時藏身處，調整了一下技能組，又緩緩地游了出來。

自從進入百人賽後，遊戲官方就改了規則，一場比賽要是二十分鐘內沒有分出勝負，就判定為雙方皆輸，兩邊都拿不到分數。

這樣的規則大大加快了賽事進行速度，觀眾也不會看到兩個玩家一蹲就是天荒地老，每分鐘只動那麼一下的荒唐戲碼。

葉千秋才剛往上游了幾公尺，一支弓箭就險險地擦過她。

-100HP

淺淺的紅字從葉千秋的法師頭上浮了起來。

弓箭手是吧？

葉千秋先施放了一個護盾，接著往前放了一個大範圍的紫色鐵幕。鐵幕向前方推進，逐漸擴大，形成一個巨大的帷幕。

這是法師的偵測術，傷害不大，但能立刻判斷出敵人的位置。

此時，一道銀光一閃而過，葉千秋眼睛都沒眨一下，連環技能瞬間往那個地方發了出去。

她打得很凶悍，幾乎毫無保留。

法師的機動性本來就不如弓箭手高，更別說是在海底，這是一張對她不利的地圖，葉千秋想用最快的速度解決這場戰鬥。

可惜，對手也很清楚她的想法。

對方不斷地改變位置，弓箭手的隱身能力雖然沒有刺客好，但還是可以在幾秒鐘內消失無蹤。

葉千秋再次無法掌握敵人的位置。

該死！

葉千秋咬住下唇，她打的是擂台賽，要是把所有魔力都耗光了，恐怕下一場就發揮不了什麼作用了。

但眼前這傢伙得先解決掉！

葉千秋撤掉護盾，往前游去，她大概知道對方會在什麼地方，如今心中只有四個字。

誘敵深入。

她的策略是正確的，可是弓箭手雖然不若近戰職業霸道，卻勝在靈敏，游了好一陣，葉千秋仍找不著對方的藏身之處，陷入了被動劣勢。

「別著急。」阿殷的聲音從耳機裡冒了出來。

葉千秋簡短地回了三個字，「知道了。」

她屏氣凝神，仔細聽著周遭的水流聲。

水流聲毫不間斷，海底的氣泡聲也在耳機裡咕嚕咕嚕響著。

她仔細分辨，弓箭手唯一的武器就是身上那把弓，所有技能都會轉化爲以箭射出的形式。

來了！

葉千秋猛地轉了視角，看到弓箭手就在她的頭頂上。

對方密集地連射十幾箭，這是弓箭手的大絕招之一，流星箭雨。此技能的覆蓋範圍極大，幾乎籠罩了葉千秋身周。

葉千秋果斷地使用金龜鐵甲這個技能，在五分鐘內，她的防禦力將上升50%。她硬生生吃下這一波箭雨，甚至還在閃避的空檔中施放了幾個不需要吟唱的法術，將對方變成了一隻兔子。

對方驚慌失措地胡亂移動，雖然幾秒後就反應過來，趕快灌了一瓶回血的藥水，以防備葉千秋接下來的攻擊，但在這幾秒間，葉千秋的大招已經準備好了，鳳凰重生。

她輕輕吐出一個字，「死。」

彷彿實體化的烈焰鳳凰在深海裡展翅昂首，那對布滿火花的翅翼向上揚起，海水發出陣陣嘶聲，小兔子的生命瞬間被鳳凰收割。

螢幕前的觀眾都發出了驚嘆聲。

「哇！這本法術書我記得不便宜欸！」

「對啊！要五萬多塊台幣吧？」

「有錢人就是好……」

「拜託，五萬也是有價無市，我看說不定是人家自己的家底。」

觀眾們議論紛紛，葉千秋被傳回競技台上，她的血量只剩下一半，魔力值幾乎已經見底了。鳳凰重生十分霸道，但耗損的魔力也極爲巨大。

這本法術書是霜月給她的。

她記得霜月一直說想練隻法師來玩玩，所以倉庫裡面準備了將近上百本的法師技能書，連這種市價極度高昂，有錢都買不到的法術書，她都準備了好幾本。

不久前，霜月卻全部扔給她，要她全學了。

葉千秋收到的時候十分驚訝，「妳不是一直說想玩看看法師？」

「沒時間啦！」霜月笑嘻嘻地說。

「啊？」葉千秋不明所以，反射性地問：「妳要去哪裡嗎？」

「沒啦，我的意思是比賽快到了，沒時間再練一隻了。」霜月只是這樣說。

葉千秋搖搖頭，想驅散心裡那種不安的感覺。

她專心看著螢幕，迎接接下來的比賽，七里香隊第二個出場的是劍士。

接下來的情況在葉千秋的預料之內，她因爲魔力值幾乎清空的關係，只能把法杖換成小刀，展開近身攻擊，對方的劍士被她嚇了一跳，頓時手忙腳亂，竟然也被她砍掉了半條血。

只是等對方反應過來後，葉千秋就毫無懸念地被解決了。

下一個被系統抽中的，是在單人賽中從未出場過的大神阿殷。他被傳到場上的時候還有些錯愕，本來以爲自己是注定打不了單人賽了，沒想到系統毫無預警地選中了他。

阿殷愣了半晌，霜月在耳機裡大叫了好幾次，他才回過神來。

不過剛剛了結葉千秋的劍士，也同樣愣愣地看著他就是了。

「你是……殷木其？」

對方似乎不敢置信。

阿殷沒好氣地翻翻白眼，這敵人都不做賽前功課的嗎？他加入這支隊名特別中二的雜牌軍又不是一天兩天的事了。

更何況……「我頭上不是掛著ID嗎？難道你瞎了？」

阿殷毫不留情，嘲諷完對方就舉起長劍砍了過去。對方下意識地往後退了一步，卻正好在阿殷的計算之中，他來了幾招連技，就像切西瓜一樣把對手砍死了。阿殷有些無言。難怪他們這支雜牌軍也可以打到這裡，根本不是因為他們太強，而是對手太弱吧！

對方也有些尷尬，弱弱地發問：「大神，可以再來一次嗎？」

阿殷鄙視地看著螢幕，「你當小孩子玩家家酒啊？滾！」

對方垂頭喪氣地被系統傳走了，七里香隊下一個由牧師上場。但令阿殷更加無語的是，這個牧師竟然直接投降，他都還沒看清楚對方的ID，對方就跟他說再見，溜得比兔子還快。

開玩笑，誰想被大神虐給全伺服器看？

這時候，果斷投降不會被嘲笑沒骨氣，只會看到討論區內一整排的同情拍拍。連攻擊型的劍士都只撐了五秒，更不用說攻擊法術只點了最初階的冰火雷電，其餘技能點都奉獻給補血招式的牧師了。

牧師溜了，接下來上場的對手更是兵敗如山倒，阿殷手上的長劍抵在擂台地面上，像是一道堅不可摧的城牆。

單人賽輸了個徹底還不打緊，七里香隊連團體賽都不打算掙扎，開場五分鐘內就被完爆下場。

只能說，競技場單人排行榜第一名的威嚇力太大，他們沒有棄賽已經是鼓起畢生的勇氣了。

經此一役，大神最高隊的排行迅速上升，進入了前十名，聲勢一時水漲船高。

雖然屢被譏諷爲大神與他的快樂夥伴，但他們可是抓緊了時間不斷練習。

目標是前五名，拿下黑明想要的獎品？

不，是要打敗阿殷的前隊伍。

然後還不能不小心拿回第一名，因爲除了阿殷以外，沒人想上電視。

在霜月偷偷透露阿殷加入他們的眞正原因後，全體士氣迅速提升八十個百分點，氣勢如虹、戰力十足。

朋友妻，不可戲。

這道理你要是不懂，就讓我們用勝負來教你吧！所有人都大義凜然地想著。

終於，大神最高隊下一場遇到的對手，就是阿殷的前隊伍，花開花謝隊。

第十章

很久以後，葉千秋非常後悔那個晚上，她只是坐在這裡，什麼都沒做。

後悔看著蘇輕從她眼前離開，後悔沒跟蘇輕說一聲對不起。

「這隊名還真爛。」蘇輕評論。

霜月冷冷地回他，「阿殷取的。」

「這隊名好得舉世無雙！」蘇輕立刻改口。

「都給我閉嘴！」阿殷額上暴起青筋。蘇輕如此迅速地見風轉舵，讓他覺得他就算取個花好月圓都會得到稱讚。

而且，這群傢伙有什麼資格說他啊？「大神最高還不是你們取的！」

「大神本來就最高，我們還有一整套的隊呼呢，大神最高！大神最高！大神最高！大神最高！大神最高！」黑明振振有詞，喊得震天價響。

此刻阿殷強烈希望自己的手能從蘇輕他們的螢幕裡伸出來——不是要模仿貞子，是要掐死這群小王八蛋！用他的裝備、喝他的藥水，還這樣每日照三餐氣他！

「晚上誰輸了，就……」

「就打一千隻鐵甲烏龜。」大夥倒背如流，不等阿殷說完就接話。

「不，輸了就給我脫光裸奔！」

「我跟葉也要？」霜月表示裸奔什麼的，不應該包括女生吧？

「沒錯！」阿殷哼哼兩聲。「頂多讓妳們穿內衣褲！」

「無聊。」霜月懶得搭理他。「葉，我們別理他們。」

葉千秋有些困惑，「啊？我沒有要理他們的意思啊。」

阿殷覺得自己這個隊長眞是不如不當了，毫無尊嚴……

葉千秋的小法師正在沙漠裡面艱難前行，她要去殺一隻赤砂蠍。這隻野生怪藏在茫茫沙漠之中，極難尋找到，據說同一時間只會有一隻赤砂蠍在地圖上遊走，有機率掉落眞實之心。

裝備眞實之心之後，就能擁有操縱一個機械人偶的能力，是法師最好的盾牌。還有五個小時就要迎戰花開花謝隊，也就是阿殷的前隊伍，葉千秋希望盡可能增加自己的勝算。

再說，眞實之心並不會綁定帳號，用完還能賣人，實在划算。

大神最高隊的隊員們在語音頻道裡面吵吵鬧鬧，阿殷吼了幾次要大家到競技場集合都被當作耳邊風，於是乾脆放棄了。

畢竟他還在餵女兒吃飯呢。

霜月不理他的原因是剛打完針，有些疲憊，懶得搭理。

黑明則是又跑去雅美娜面前，不斷地進行對話。就算雅美娜只會跟他說：「探險者，請問我能爲您做什麼？」他還是不知疲倦地點了一遍又一遍。

蘇輕最配合，早早就跑到了競技場——裡面。他現在裝備好、技術佳，最喜歡來這裡虐菜鳥了。雖然最近很多玩家看到他就會自動投降，讓他唏噓不已。

高處不勝寒啊……

晚間八點很快就到了。一群人再不甘願，還是乖乖地集結在競技場前。仇人相見，分外眼紅，阿殷面無表情地看著自己的前妻跟曾經的好朋友，把手上的滑鼠握得死緊。

「你爲什麼一定要這樣苦苦相逼呢？難道我離開那個家還不夠嗎？」

阿殷的前妻也是個牧師，阿殷本來的專用牧師。

兩邊一打照面，她就噁心巴拉地說了這句。

「椪柑今天在找妳，哭了一個下午。」阿殷沒有回答她的問題，只是平靜地打了這句話。

「阿殷，是我們對不起你……」

「沒什麼好對不起的。比賽要開始了。」阿殷頭也不回地點了傳送，一群人被傳到競技場的大廳，官方人員確認了報到人數與角色，就立刻宣布比賽開始，系統這次率先選中了黑明的弓箭手。

黑明的弓箭手對上花開花謝的刺客，堂前燕。

雙方角色一被傳送到競技場中，大家就屏息以待，等著場內的地圖更換。但出人意料的，五秒後，比賽開始，地圖仍然是最簡單的正方形擂台。

黑明跟堂前燕都是一愣。這張地圖對弓箭手和刺客來說同樣不利，都無法依靠地形隱蔽自身，所以——就這樣硬上吧！

黑明拉開弓，三連矢疾射而去，刺客替自己施放了輕靈術，身形飄忽，快速地接近黑明。

不能讓對手近身！

黑明的弓箭手向地面一射，利用後座力高高躍起，堪堪閃過了堂前燕的攻擊。他在堂前燕的背後落下，轉身之後又迅速地拉滿弓，射出一箭冰凍圓錐。

堂前燕還是閃過了，他的身法輕靈，彷彿是一隻真正的燕子，他迅速拉開和黑明之間的距離，貼著擂台四周快速地奔跑。

黑明像是這個擂台的圓心，他看著堂前燕前後左右高速移動，完全抓不到射箭的時機，於是高高舉起手中的弓箭，拉弓向上，下一刻，滿天箭雨落了下來。

這是黑明的大招，被擊中之後人物會僵直兩秒，動彈不得。

但大神最高隊的所有成員同時一凜，擂台雖小，卻也不是箭雨可以完全覆蓋的……

果然，黑明的箭雨接連不斷地落下，對方卻站在擂台最外側，箭雨從他身旁險險擦過。

箭雨全數落盡，堂前燕直接近身，定住黑明之後，先放了幾招連技，又補了淬上毒血的一擊，黑明的血條瞬間歸零。他甚至沒有機會使用金龜鐵甲，就以弓箭手薄弱的防禦迎上堂前燕的大招。

黑明的人物倒下，全場一片靜默。

他被系統傳送離開，下一個上場的是霜月。

霜月的人物舉著法杖，螢幕前的她手心全是汗。

黑明輸了，系統下一個卻選上她，這對積分來說大大不利。

她舉著法杖，站在競技場上看著堂前燕，閉了閉眼睛。來吧！

五秒倒數過後，系統更換了場景，是一張黃沙滾滾的地圖。

這張地圖說簡單很簡單，說難也很難，因爲此處除了黃沙以外，別無他物。最麻煩的是，地圖裡會不定點出現流沙，一旦陷入流沙就無法掙脫，會隨機被傳送到地圖上的任何地方，是一張對近身職業十分有利的地圖。

霜月緊張地咬住嘴唇，既然是這張地圖，那她最好立刻找到一個流沙坑，離堂前燕的刺客遠遠的。可是下一秒，讓她瞠目結舌的是——

堂前燕投降了。

他乾脆地選擇認輸，一步都沒動，在十秒內的確認時間即將結束時，霜月飛快地打了一句話。

「你爲何要認輸？」

「舊時王謝堂前燕。隊長，我贏你一場是尊重你現在的隊伍，輸你一場是感激你過去的提拔，保重。」

對方只回了這一段話，就被系統傳送走了。

螢幕前的阿殷狠狠捶了一下桌子。

他的確一無所有了，他的工作室，還有他的戰隊，甚至是工作室成員的聘用合約。但仍然有人念著他，仍然有人有那麼一絲的不情願。

值得了，已經值得了。他用力抹去眼中的水氣，多麼希望下一秒就能夠打敗眼前的對手。

我的老婆選擇你，我並不怨恨，畢竟人是有自由意志的，就算當初說相愛，也抵不過數年婚姻生活的磨耗。但我要打敗你，堂堂正正地打敗你，你永遠不是花開花謝的隊長，你只是他們的老闆！

霜月有些怔然，而下一個被系統傳送上來的是阿殷的前妻，兔羅。

兩個牧師站在台上，系統又換了一次地圖，這次換的是沼澤地圖。這張地圖中有爲數眾多的沼氣坑，每一個坑都是毒性強烈，要是不小心碰上了，很有可能被附加上負面狀態，例如麻痺、定身、失血、暈眩等等。

「你們爲什麼要這樣苦苦相逼……我只是想跟阿峰在一起啊！難道愛情也有罪嗎？」兔羅站在沼澤中，沼氣在她周圍不斷噴射，她卻只是打了這一番話。

霜月覺得自己眞是太倒楣了，她忍不住開口，「阿殷，你眼光很差。」

阿殷嘆口氣，「我在反省了。我本來以爲我喜歡小白兔，現在才發現我其實喜歡母野狼。霜月，考不考慮跟我在一起？」

「去你的母野狼！」霜月大怒，揮杖向前。她是個血統純正的牧師，沒點多少攻擊技，要不是因爲沒耐心慢慢解任務，她本來還想把攻擊技能全部洗掉。

幸好，她不僅是母野狼，還是隻不喜歡求助於人的母野狼。

霜月的角色飛身向前，火球連發，她是沒點多少攻擊技能，但她投資了火系的天賦。

她只有兩招攻擊技，火球術和熔岩烈焰，前者單體技，後者範圍技，消耗的魔力都不多，還可以瞬間發出，免吟唱，多划算的投資！

霜月不負責任地在沼澤中不斷放火，但令她不敢置信的是——

那個女人就站在陷入火海的沼澤裡，一動也不動。

「喂，你老婆中邪了？」霜月驚訝地問。

「是前妻。」阿殷沒好氣地回她，「還有，她只是不太會打遊戲而已。」

「那她的等級？裝備？」

「我練的。」阿殷無奈地聳聳肩，「抽到她也算是我們好運。」

「這樣你的小王還敢讓她上場？」霜月覺得這個世界眞是太瘋狂了，讓一個不會打競技的角色上來打比賽？這些男人的下半身智商未免太低了！

「方蕪月，打妳的比賽！」阿殷微怒地低吼，聽著耳機裡其他隊友隱忍的嗤嗤笑聲。

「是是是。」霜月打了個哈欠，放了一把大火，把阿殷的前妻跟整個沼澤一起燒了。兔羅瞬間被系統傳出去，霜月覺得自己昨天晚上的禱告肯定奏效了。

勢如破竹啊是不是？

霜月樂呵呵地笑著，但沒幾秒鐘臉色就垮了下來。

對面傳上來的角色是春秋不容，死靈法師。

死靈法師是所有職業裡面，霜月最討厭的一個，這個職業操縱死者與亡靈，身旁跟隨的都是不死的亡靈生物。

而眼前的春秋不容，又比世界上所有的死靈法師都來得令人厭惡。

「林啓峰。」

霜月緩緩打字，「你對得起阿殷嗎？」

林啓峰，阿峰，就是阿殷前妻口口聲聲的眞愛。他做過最噁心的事情不是跟阿殷的前妻在一起，而是他一直喊阿殷一聲大哥。

「呵……」春秋不容只是淡笑。「我們的事情，外人沒有資格評論。」最後一個字剛浮現在螢幕上，他就動了。他往上一跳，落在召喚出來的骨龍身上，高高盤踞在霜月上空。

「我不想評論你，我只想殺了你！」霜月全力吟唱，其實面對死靈法師，牧師反而比其他職業都還要占優勢，畢竟牧師的法術來自於神聖天賦，所有的神聖天賦技能都能剋死靈法師。

也就是說，現在霜月的補血技能都可以轉化爲對死靈法師的攻擊技能。就算是一個初階的補血技，也能夠重創死靈法師召喚出的骨龍。

春秋不容不再回應她，牧師的確是他的剋星沒錯，霜月的技術也不差，公會第一補師的名號不是白來的，但他傾全工作室之力打造的死靈法師絕對所向披靡！

他嘴角噙著冷笑，身旁有個女子溫順地依偎著他。

面對想要的東西，他從來不曾放棄過。

他操縱著骨龍，左右閃躲霜月的治癒術，那對其他職業來說像是神蹟的光芒，對死靈法師來說卻是永遠也不想見到的陽光。

他左手不斷切換技能，在召喚與攻擊之間來回下了許多複雜的指令。平心而論，死靈法師雖然是十分不討喜的職業，但也是所有職業中操作難度最高的，春秋不容卻能玩得出神入化。

他的骨龍擁有極度強悍的抗打擊能力與移動速度，他不斷地由上至下釋放出一盞盞冥火，繞著霜月的人物打轉。

霜月身在其中，看不出春秋不容想做什麼，旁觀的阿殷卻神色一緊，他抓著耳麥大吼，「霜月，退！快退！妳中了他的究極召喚術了！」

霜月聽到阿殷的警告，不敢大意，立刻操縱著人物往後跑去，但春秋不容冷冷一笑。

現在察覺已經太晚了。

他的人物雙手舉高，仰望天空，深沉的夜色往下降臨，覆蓋了這張剛剛還亮如白晝的地圖。身在陣法中的霜月被凝滯在地圖上，她驚恐地看著自己的血量不斷往下掉，只是一瞬間，她的人物就幾乎死了個徹底，只剩一層薄到不行的血皮。

「叫他上來。」春秋不容站定在霜月的人物面前，一揮手，霜月頓時倒下。

霜月用力地在耳機裡罵了髒話，「現在是什麼狀況！你們這些亂七八糟的事情還拿我出氣？當系統我家的喔！說換你就換你？殷棋，你自己給我看著辦！」

阿殷苦笑，系統也不是他家開的啊，他能怎麼看著辦？

不過不知道是不是命運弄人，白光一閃，殷木其上場了。

他看著對面的春秋不容，一時之間百感交集。說他不怨不恨是騙人的，他曾經深愛過的女人，就這樣投入另外一個男人的懷抱，還帶走了他所有的事業成就，只留下一個總問他「媽媽去哪裡了？」的稚齡幼女。

用所有的事業換女兒，他覺得很值得。可是爲什麼？

他做錯了什麼？

他看著眼前熟悉的人物，所有裝備都是他們一起打拚換來的。

「我，做錯了什麼？」

他終究只能問出這一句話。

春秋不容沒有回答他，他的人物壓低身子，身旁竄出了十具骷髏，密不通風地護衛住他，他雙手用力向下一壓，遍地冥火向前流竄。

阿殷閃都沒閃，他直接開了金龜鐵甲，打算在五分鐘內結束這一切。他的守護者高舉長劍，狂暴地向前橫劈，毫不在乎損失了多少血量，他的技能使用像是已經在腦中排練過上千遍那樣熟練，瞬間殺到了春秋不容面前。

他舉高長劍，往下一砍。

春秋不容微微一晃，阿殷只砍到了一具枯骨。

移形換位之術！

阿殷視角往上一轉，春秋不容果然已經躍上骨龍，往天空飛去。

所有職業的人物在競技場內都是不得使用坐騎的，只有死靈法師例外，因爲死靈法師的戰鬥幾乎都依賴操縱死屍，所以被准許在場內任意召喚生物。

在死靈法師能召喚的所有生物裡面，也只有骨龍是可以飛翔的。練成這個技能的難度相當高，除了必須擁有相對應的等級以外，還要完成獵殺龍族的任務。可以說，整個伺服器內，擁有骨龍的死靈法師恐怕一隻手就數得出來。

阿殷苦笑著想，當初這隻骨龍還是所有隊員爲阿峰狩獵的。

這下眞是自討苦吃了。

阿殷深深吸一口氣，將所有輔助技能開啓。反正五分鐘後，金龜鐵甲的效力便會消失，不是他死，就是阿峰亡！

這次的地圖是一座峽谷，裡頭布滿了巨石。他踏著巨石，一躍而起，在天空中施展出衝擊波，這是守護者少數的範圍技。波動向外擴散，擊中了骨龍的身軀。

骨龍在空中悲鳴，事實上，它的召喚時限已經快要到了，死靈法師一次只能召喚它十分鐘，而每受到一次攻擊，它的停留時間就會加速減少。

阿殷不斷發出衝擊波，骨龍的形體越來越淡，春秋不容終於緩緩落在地面上。

「看來你的運氣還不錯。」春秋不容指的是，在這張地圖上阿殷占有優勢。「但是在實力面前，一切都是徒勞！」

他迅速地下了幾個指令，新一波的不死生物從地上竄起，圍住阿殷的守護者。

阿殷在不死生物之間不斷閃躲，他專注地盯著螢幕，緊握著滑鼠，每一下最細微的操作都是輸贏邊緣的賭注。他終究穿過了所有不死生物的防禦，來到春秋不容面前。

「我輸了。」春秋不容的魔力乾涸了。

死靈法師的所有技能都是爲了操縱不死生物，現在他連一滴魔力都沒有了，就算血量全滿也跟死了沒什麼兩樣。

阿殷舉起長劍，人物動作在這時定格，他忽然笑了。爲什麼要去思考自己做錯了什麼呢？或許在這個世界上，就是有人會毫無理由地背叛和自己最親近的人，只爲了得到自己想要的東西。

長劍揮下，春秋不容在守護者的連技之中，失去了所有生命值。

白光一閃，系統把他傳送走了。

花開花謝隊接下來上場的是牧師跟吟遊詩人，他們全都直接認輸。

他們對阿殷說：「這是我們欠你的。」

阿殷有些悵然。他當初乾脆地放棄了工作室，還把這些人的契約全都給了阿峰，這樣的他才是欠人最多的吧？

大神最高隊正式進入前五強。

葉千秋等人一路過關斬將，突破海選、百人賽、三十強，終於打到前五名。

跟一開始的海選不同，現在每一場比賽的轉播都有數千名觀眾收看，官方也爲了這次的比賽特地派了轉播員來。

現在，轉播員的人物站在呈圓弧形的競技場中，他頭上戴著俏皮的小丑帽子，身上是一套深紫色的大禮服，聲音從所有人的喇叭中傳出來。

「歡迎今天比賽的兩隊！大神最高隊與飛魚隊！」

他的語調激昂，人物還隨著這番話舉高雙手。蘇輕、葉千秋、黑明的角色站在台上，握著滑鼠的手心都是汗。

他們從開賽前的一個小時起，就連絡不上阿殷跟霜月了。

留言板裡面刷了一整排的啪啪啪啪啪，觀賽的群眾熱烈地報以掌聲，但是也有很多玩家發現——大神最高的隊長跟牧師不在場。

這個問題由轉播員問了出來。「請問大神最高隊，你們的隊員到齊了嗎？」

其實他問了也是白問，五個裡只到了三個，又不是眼睛瞎了，但總得給人留一點面子。

葉千秋跟蘇輕面面相覷，他們就坐在隔壁。蘇輕清了清喉嚨，他們的麥克風已經接上了轉播頻道，「我們的隊長跟牧師……有事，可能要請假。」

「請假？」轉播員有點傻眼。比賽還能請假？那考試能不能請？

他幾乎是不假思索地回答：「比賽即將開始，如果十分鐘內他們還不到，你們就只能棄權了。」

「爲什麼？」蘇輕大叫起來，連黑明的人物都忍不住向前一步。他們終於走到了這裡，爲什麼要他們棄權？

「呃……」轉播員轉了一圈，紫色大禮服下襬揚起，全伺服器僅此一件。「我想比賽規則都寫得很清楚了，你們可以到官方網頁上去看看。」

他跟蘇輕的對話清楚地傳到了轉播頻道上，觀眾們開始鼓譟。竟然有人打算棄權？聽說第一名可以拿到職業選手合約欸！獎金不是也加碼到一百萬了？

大家不敢置信，轉播頻道裡面湧入越來越多的人。

飛魚隊的成員也不敢置信，這是他們運氣好嗎？竟然不費吹灰之力就離冠軍更近一步？

蘇輕正想切換視窗，進入官方網站上看一看比賽規則，黑明卻拉下耳機、關掉麥克風，「不用看了，的確有十分鐘內未到，即宣告失去資格的條例。」

蘇輕跟葉千秋再度彼此對望。

怎麼辦？

阿殷跟霜月到底去哪了？難道要就這樣放棄比賽？可是他們都走到了這裡，阿殷跟霜月花的心血最多，他們又有什麼資格代表兩人放棄比賽？

「這樣不公平！」葉千秋忽然喊了出來。

「哪裡不公平？」轉播員有些頭疼，十分鐘內未到即算棄權，規則寫得清楚明白，有什麼好抗議的？

「他們──說不定是因為帳號問題才無法上線！」

「帳號能有什麼問題？」轉播員咬牙切齒，一人一個帳號，還需要身分證認證，這能出什麼問題？

「說不定被盜了！或者是他們的帳號被系統鎖住了！」

這是有可能的，如果帳號被系統判定爲有遭到盜取的危險，主動鎖住的話，需要經過二十四小時才能手動解除鎖定。但是——「他們被盜帳號也不是主辦單位的問題吧？」

轉播員無奈地說，時間已經快到了，讓他直接判定飛魚隊贏了不好嗎？

「誰知道是不是你們的系統有問題？」葉千秋說的雖是問句，語氣卻是斬釘截鐵，「所以我要求請假，我得先聯繫上我們的隊長，才能確定發生了什麼事情。」

「妳……」轉播員知道葉千秋只是詭辯，而帳號有沒有被系統鎖定，得等明天管理部門的人上班才知道，這次公司把比賽定在晚上八點，上線人數最多的時候，但是這時公司內只剩行銷部的人還在啊！

他只是一個小小的行銷企劃，爲了安排賽事已經爆肝爆了一個月，爲什麼要爲難他啊？

他心一横，打算不管葉千秋的抗議，反正他是轉播員也是主裁判，他打算直接進入後台，讓系統宣告大神最高隊失去比賽資格。

但他的耳機裡忽然傳來聲音。

「聖淵，讓他們請假吧。」

「啊？」轉播員知道這是自家老大的聲音，立刻關閉對外的聲音傳送。

「這一隊的註冊資料我看過了，五個隊員裡面有兩個是女生。」

「所以呢……」轉播員覺得十分不妙，自家老大的腦子八成又出現黑洞了。

「難得啊！我們得給女性同胞一點特權，你想想公司樓上剛建好的戰隊休息室，嘖嘖，裡面都是男生能看嗎？我們也要給自己一點福利啊！」

轉播員頓時無語。算了，老大是行銷部的頭頭，說什麼是什麼。他無力地垂下肩，重新打開聲音傳送，對著轉播頻道公告，「官方公告，大神最高隊請假一次，請於二十四小時內排除帳號問題，如有任何無法上線的障礙，請洽客服部！如無任何問題，請於明日晚上八點至競技場報到，比賽將延至明日晚上八點舉行！」

他朗誦著這段公告，同時也在世界頻道發出了紅字的遊戲公告。

整個伺服器的玩家都有些傻眼，比賽還眞的能請假啊？

轉播頻道裡的觀眾不斷鼓譟，留言板洗得飛快，所有玩家狂爆手速，打字不夠占位置，還發了貼圖洗版面。

這明顯是大神最高隊硬拗吧，臨陣脫逃就臨陣脫逃，說什麼帳號問題？

說不定根本是起了內鬨，還是收了其他隊伍的賄賂，還在這裡丟人現眼！

不能讓他們請假！

大神最高隊退賽！退賽！

觀眾幾乎暴動起來，但轉播員面不改色地關掉頻道，連帶把留言板鎖了起來，還把大神最高隊跟飛魚隊都傳送出去。

競技場外擠滿了原本等著觀看比賽的玩家，大家頭上的對話框圍繞著大神最高隊，議論紛紛。

葉千秋不為所動，她冷靜地下線，關掉螢幕，看著同樣這麼做的蘇輕跟黑明。

「他們出事了。」

她說得平靜，身子卻一陣陣地顫抖。不知道為什麼，她覺得非常不安。

她沒見過霜月，更沒見過阿殷，但他們如同她生命中的許多人一樣，忽然就消失不見。

「這個結論下得太早了。」蘇輕勉強彎了彎嘴角，他不知道該不該安慰自己。沒事的，霜月可能只是忽然病了，但霜月的身體他是知道的，她本來就病著，如果又有什麼狀況，恐怕不會是什麼好事。

而且，阿殷呢？

他還有一個才剛上幼稚園的女兒呢，他能去哪？

他想到這裡，忽然站了起來，「我去找霜月。」

葉千秋跟著起身，「我也去。」

但她還沒完全站起來，就被蘇輕按回椅子上，「妳不能去。」

「爲什麼？」

「妳……去了，對他們來說不是好事情。」蘇輕輕聲說。他知道這樣點明有些殘忍，這是葉千秋心裡的痛，但他不能不說，不管是爲了霜月跟阿殷，還是爲了葉千秋。

葉千秋沉默著，不肯點頭。

「聽我的話，我們總有一天會被冥界鬼主找到，妳去了，增加他們跟妳的牽扯，只是害了他們。他們對妳來說是朋友吧？」

葉千秋極輕地點了點頭。

「朋友，是冥界鬼主不會允許妳擁有的東西。」蘇輕的聲音放得很輕，他下意識地覺得這樣能減少對葉千秋的傷害，不過其實他很明白，這樣做只是徒勞。

葉千秋垮下肩膀，往後一靠，幾乎是無助地縮在椅子上。

「我……擔心他們。」她抬起頭，神色茫然。

她什麼都不怕，不怕自己會成疫鬼、不怕自己會死去，但她怕會害了別人，害了阿殷、害了霜月、害了……蘇輕。

蘇輕看著很少這麼脆弱的葉千秋，伸出了手，一下又一下地拍著她的頭。「所以我去，去去就回，他們一定沒事，我們還得打明天晚上的比賽呢！」

他用力地笑了，拉走黑明。

「走啦，我們一起去找他們！他們說不定是因爲什麼事情而忘了比賽。葉千秋，妳在線上等著，他們要是上線就打給我，還有替我——痛罵他們一頓！」

黑明被拉走了。葉千秋緊緊握著自己的手機，雙眼死死盯著好友上線列表。

霜月跟阿殷的名稱一直是灰色的，她不斷地祈禱，雖然不知道該向誰祈禱，仍衷心希望他們的ID可以亮起白色光芒。

只是很久以後，葉千秋非常後悔，後悔那個晚上，她只是坐在這裡，什麼都沒做。

後悔看著蘇輕從她眼前離開，後悔沒跟蘇輕說一聲對不起。

第十一章

「我的心還在啊……它就在這裡發疼，疼得我不知道該怎麼辦。」

三天過去了，蘇輕跟黑明都沒有回來。

第一天，葉千秋焦慮不安。

第二天，葉千秋心急如焚。

第三天，葉千秋如墜冰窖。

冥界鬼主一定找來了。

葉千秋心裡很清楚，冥界鬼主來了。不然蘇輕跟黑明不會遲遲未歸，連手機都打不通。再說，就算蘇輕被壓制了全身靈力，黑明也是妖族怪醫，沒有妖怪會傻得犯到他頭上。

她靜靜地等著，比賽的事情就這樣算了。大神最高隊像是來路不明的黑馬，莫名其妙地打進前五名，又莫名其妙地消失。

葉千秋關了三個人的電腦，再也沒開過遊戲。她沉默地打掃了一遍又一遍，希望他們還有機會回來，她一直強迫自己勞動，以免發瘋。

她打掃、打坐、練刀，一遍遍爬梳著體內的鬼氣，收回一百零八鬼眾的她，幾乎處於這輩子最顛峰的時期，但這樣的她抵得過冥界鬼主的一根手指頭嗎？

她想了很多很多，就是不去想蘇輕跟黑明是不是還活著。

她不敢去想這個問題。

第七天的時候，她把銀刀折斷了。銀刀是以她的肋骨煉成，不僅能夠貼身收藏，還跟她心意相通，折斷的時候非常的疼。

那種從骨血裡面湧出的疼痛，讓她幾乎一下子就暈厥。而後她醒來，接著又暈過去，在疼痛中反覆來回。

她不斷地吐血，卻苦笑著，這是她的決定。如果冥界鬼主來了，她就跟他走。刀啊、人生啊、命運啊，什麼都不要了。

留下蘇輕就好了。

把她人生中看過最漂亮的那隻白色大狐狸留在這個世界，留在這個他說看一千年都不會厭倦的世界。

她心裡想著，她願意跟冥界鬼主走，成爲疫鬼。

第十二天，葉千秋坐在庭院裡，仰頭看著滿天星斗。黑夜像是絲絨布幕，綴著寶石般的光芒，她心想，冥界裡有這樣的星空可以看嗎？

她其實對自己的命運一無所知。每個人都說，成爲疫鬼將生不如死，與其成爲疫鬼，她不如先自我了斷。

但她不甘心，她不相信她的命運就是這樣，她想光明正大地活著，不打算去思考，明天是不是就是自己的最後一天。

她仰望著天空。如果有神，那麼會在哪裡？

第十五天的時候，冥界鬼主終於降臨了。

點綴著燦爛繁星的夜空慢慢被鬼氣籠罩，葉千秋平靜地看著鬼主的影身。

「他呢？」

鬼主咧開了嘴笑，他的面容一直都是模糊、灰白的，隱藏在斗篷後，但不知道爲什麼，葉千秋就是可以看見他那惡意的笑容。

邪惡、不懷好意的，這個認知讓葉千秋渾身冰冷起來。

「妳在意他。」

葉千秋坦然直視著鬼主，毫不畏懼地承認，「他對你沒有用處，我跟你換他。」

「我要妳又有什麼用？」

鬼主的笑慢慢擴大，葉千秋一瞬間迷惘起來。她對冥界鬼主無用？那她這亂七八糟、荒唐至極的命運，難道只是一個笑話嗎？

她張了張口，卻不知道自己能有什麼籌碼能拿來談判，畢竟她從不知道鬼主究竟要她何用，但鬼主率先替她解答了。

他的笑，是葉千秋這輩子看過最惡劣的笑容。

「我要的是疫鬼。」

葉千秋一瞬間懂了，她猛地站起來，卻什麼都來不及了。

鬼主虛空一抓，一隻白色的小狐狸落入他的掌心，小狐狸淒慘無比，渾身上下沒一塊完好，正是蘇輕。他奄奄一息地抬起頭，看著葉千秋，眼睛瞪得很大很大，眼角幾乎裂開。

蘇輕一動也不動，葉千秋卻知道他想傳達的意思。

他要她快跑，跑得越遠越好，逃離這裡，逃離冥界鬼主。

但是……她不是跟蘇輕說過了嗎？

他們都沒有選擇。

「我跟你走。」葉千秋覺得很疲憊。

冥界鬼主但笑不語，他伸出指尖，輕輕一點小狐狸的腦袋，小狐狸頓時硬生生往後仰，發出極度尖銳的叫聲，葉千秋猛地朝前狂奔，卻被看不見的屏障擋住。

葉千秋拚命地搥打著屏障，這道無形的牆絲毫不爲所動，她只能眼睜睜看著蘇輕的皮毛從頭頂褪下，慢慢地向下剝落。

蘇輕仰天尖叫，渾身的血從鬼主的手掌上不斷滴下，白色的狐狸皮完整地褪了下來。蘇輕不斷抽搐著，一下又一下，剝皮之刑令其痛不欲生。

他抽動了幾秒，在葉千秋眼裡看起來卻像一輩子般漫長。最後，他停止了抽搐，一切歸於平靜。

「啊——」葉千秋坐倒在地上，用盡全身力氣尖叫。她就這樣看著蘇輕死了，日日夜夜反覆折磨她的夢魘就在面前上演。

她渾身鬼氣張揚，雙眼通紅，滴出了鮮血，指甲也竄出指尖。她搖搖欲墜地站起身來，看著冥界鬼主。

她要殺了他，殺了他，殺了他！

強烈的殺意在心中劇烈翻湧，葉千秋的精神陷入狂暴，她看著眼前的冥界鬼主，忘掉了很多事情。

忘掉了父母的模樣、忘掉了雨水的聲音、忘掉了紙張的觸感、忘掉了人的笑容、忘掉了美好的夢境、忘掉了遊戲裡的每一個夥伴、忘掉了蘇輕、忘掉了……自己。

她，終於失去自我了。

她癲狂地迅速奔向前，用自己的腦門一下一下地撞擊著屏障。

葉千秋伸出手，尖銳的指甲一劃而過，刮過玻璃的聲音在她耳邊炸開，屏障應聲而碎。她向前一撲，冥界鬼主卻按住了她的臉，接著將她高高舉起。

冥界鬼主讚嘆地看著她，「很好，我的孩子。很好，真的很好。」

葉千秋終於成了疫鬼，鬼氣完全浸淫了她，她身為人的那一部分，在蘇輕死去的時候徹底碎裂了。

決定她成不成為疫鬼的關鍵，其實從頭到尾都不在於她身上有多少鬼氣，而是——她還是不是一個人。

她還是人，就難成疫鬼，這樣對冥界鬼主毫無用處。

冥界鬼主先是在她身邊養著紅鬱，接著留下蘇輕。蘇輕雖然是個意外，甚至還想要阻撓他養成疫鬼的計畫，但同時也是一枚好棋子，現在看來甚至比紅鬱還要有用。

葉千秋拚了命掙扎，事實上她已經不太知道自己在做什麼了。她狂暴地攻擊著冥界鬼主，饒是影身，鬼主灰白的臉龐也滲出了絲絲鮮血。

「我的女兒，我們回家吧。」

冥界鬼主面上一直帶著惡意的笑容，笑得那樣狂喜。他把葉千秋抱在懷裡，毫不在乎葉千秋身上張狂的鬼氣，身上不斷因此出現傷口又不斷癒合。他往前一步，踏入虛空，消失無蹤。

身後黑明的住所應聲倒塌，成爲一堆散亂的碎石。

數不清過了多少日夜，蘇輕終於醒來了。

他張口吐出滿嘴的沙，睜開雙眼。視線從模糊到聚焦，他看見央央不知所措地哭泣著。

「我、我……」他的聲音嘶啞無比，幾乎無法說出完整的話。他看向央央身後，仙人雙手攏在袖子裡，淡漠地看著他。

這些人一直都是這樣，高高在上地看著他們，看著他們這些棋子走向生或者死，走向他們寫好的結局。

葉千秋說過，他們沒有選擇的權利。

他尖銳地嘶叫起來，令央央眼淚落個不停。

他感到強烈的不甘與疼痛，爲什麼他們的人生操縱在別人手上？他跟葉千秋從來都沒有選擇的權利，他們只是苦苦掙扎，最終仍走向早已注定的命運。

葉千秋被冥界鬼主帶走了，她成了疫鬼，現在是不是在某個地方生不如死？

「跟我回去吧。」鳥人抬起手，蘇輕幾乎殘破的身軀從地面上浮起。他終究是天狐，就算受了剝皮之刑，流盡全身的血，也沒有因此死去。

但他現在要回去了，要回去那深不見底的幽冥地底，那個沒有葉千秋的地方。

他怎麼能這樣？他答應過葉千秋的啊！

他答應過會去救她，會把她的靈魂裝在球裡面，永永遠遠貼身帶著。

他還答應她，會在幽冥地底放兩台電腦，拉兩條網路線，一天，就是永遠。

他跟她說過，是她教會他反抗，是她說的話讓他一輩子都忘不掉。

蘇輕瘋狂地大叫，發出尖銳的悲鳴。

他那樣的悲傷、那樣的痛苦，小小的身子乘載了混合著不甘、怨恨、後悔、心痛、焦急、憤怒、悲傷的複雜情緒。

他的身軀急速地變大，擺脫了仙人加諸在他身上的禁制，充沛的靈氣快速修補著他的傷口，一隻巨大的九尾天狐四肢著地，仰頭看著眼前的仙人。

原先通體潔白的蘇輕，現在已是漆黑如墨。

仙人嘆息，伸出手，「天狐，你已入魔。」

蘇輕憤怒地狂吼，「蘇輕，我叫蘇輕！我有名字，我不是讓你們恣意玩弄的東西！」

仙人的手頓了一下，「蘇輕，你是這世間所有靈氣所化，是所有善意的集合體，不是我們要恣意玩弄你，而是命運。你身負黑尾，就注定會有今日。」

「命運？注定？既然你知道我注定入魔，又何必放我入世，又何必讓我認識葉千秋？你答應過我，要把葉千秋的魂魄給我！」蘇輕狂吼。

他幾乎壓抑不住滿腔的殺意，果然仙人和鬼主都是一路的貨色！

「我只是想賭，賭一個可能。賭你不入魔道，賭你能夠因為她，而永遠被栓著心。」仙人並沒有因為蘇輕張狂的殺意而動怒，他只是悲憫地看著蘇輕。

「我的心還在啊……它就在這裡發疼，疼得我不知道該怎麼辦。」蘇輕猛地跪了下來。

他的力量不值一提，仙人根本不以爲意。他淚流滿面，垂下自己巨大的腦袋，跪在仙人身前。「把我的鍊子還給我，我一輩子不出幽冥地底，把她還給我……」

「唉……」仙人嘆息，「她已入冥界，三界定律明載，我不得干涉冥界。蘇輕，我不能。」

「你不能……」蘇輕緩慢地抬頭。「那我呢？我去帶她回來，天上地下，我只要她一個，我永生永世不離開幽冥地底，我說到做到，我可以立下誓言，我……」

蘇輕的話在仙人緩慢的搖頭中戛然而止。

這也不行，那也不行，到底要怎麼樣，這些傢伙才願意把葉千秋還給他？

蘇輕仰天狂吼，一時之間，天搖地動。

「蘇輕！」仙人抬起手，壓住蘇輕狂暴的靈力。「三界定律言明不得互相干涉，你一旦進入冥界，就永遠回不來了。」

「回不來便罷了，我一輩子在冥河陪她。」

「冥河幽深冰冷，你是天狐，沒有必要這樣。」

「我答應過她。」

仙人嘆氣。他看著天空，雲朵潔白無瑕，而眼前的蘇輕漆黑如墨。入魔之後必定爲惡，但究竟是入魔的心想作惡，還是命運逼人至此？他們關了蘇輕上千年，他一件錯事都沒做過，可是命運不可違逆，他還是注定入魔。

到底是誰的錯？

仙人往後退一步，擺擺手，「去吧。」

「啊？」蘇輕不敢置信。鳥人就這樣放他走？

他被關在幽冥地底上千年，日日希冀著自由，難道因爲葉千秋的緣故，鳥人就忽然對他大發慈悲？

他警戒地看著仙人，腳步動都沒動一下。

「你這是什麼眼神？」仙人輕笑，又瞪他一眼，接著輕鬆地說：「反正我說過了，你一旦入冥界就注定回不來人間，那我又何必擔心你爲惡？再說，讓你去給那傢伙找找麻煩也沒什麼不好。」

仙人頓了一下，伸出手摸摸蘇輕毛茸茸的腦門，「但我也看了你千年，你眞的不再想一想嗎？葉千秋已成疫鬼，回不了人間，你們最好的結果就是在冥河永世漂流，再也找不到一寸立身之地。這樣你也要去？」

蘇輕毫不猶豫地點頭。

「我要去。」

（未完待續）

後記　那些青澀而勇敢的夢想

我一直很想寫一本電子競技小說。

生性殘暴（？）的我，在以前線上遊戲有PK制度的時候，就最喜歡攻城、打公會戰這種時刻，把敵人殺得片甲不留，占領對方的城堡，幾乎是我少年時期樂此不疲的其中一件事。

可惜隨著大型線上遊戲沒落，這項機制已經很少出現在遊戲裡了。

還好我因緣際會接觸了英雄聯盟的遊戲公司，（不是garena，是其他有戰隊的電子設備公司）一瞬間，這種遊戲中的競技徹底擄獲了我。完全依靠操作技術，不靠台幣、不靠等級、不靠裝備的遊戲競技，讓我深深著迷。我開始追實況，看選手們玩遊戲，追現場比賽，甚至看著他們在國外競賽的影片，徹夜未眠。

也因爲工作的關係，有幾個選手，我幾乎是看著他們長大。

他們在還不成熟的時候來到公司簽約，每個人臉上都帶著稚氣，很客氣地叫我姊姊，熟了之後卻會在開賽前直喊肚子餓，說現在非得吃便當。偶爾還會調皮，要他們寫的功課得讓我三催四請才肯完成。

但他們是那麼堅定。

他們對自己毫不懷疑，熱愛著遊戲、熱愛著自己的夢想。電子競技生態其實非常殘酷，選手年齡通常介於十三到二十歲之間，超過十八歲之後，除了有兵役問題，選手的反應也大不如前。英雄聯盟還好一點，能夠用策略與思考來彌補反應不夠快的問題，其他線上遊戲，年齡就是選手的硬傷了。

這麼高強度的練習，當然會占去他們大部分的念書時間，選手們幾乎是用自己最年輕的歲月，來成就我們眼中的娛樂事業。

我曾經問過他們，不打比賽以後，要做什麼？

每個選手都有自己的答案。

回去念書、開始工作、轉成教練，甚至開間小店。

他們對於未來其實不那麼確定，但他們非常堅持。他們說，好不容易才能走這條路，別人想走還不一定能走，他們的天賦是老天給的一口飯，如果不好好走這一遍，以後一定後悔，連自己都對不起。

當時還在公司內上班，並未全職寫作的我，只是笑笑地看著他們，沒說什麼。

我其實很敬佩他們，這麼的年輕，這麼的勇敢。我一直覺得，人生最害怕的不是走錯方向，而是不知道要走上什麼方向。他們耗費了人生中最精華的數年來證明自己存在過，我覺得非常值得。

他們給了我很多啓發，也讓我動了想寫一本電子競技小說的念頭，他們之間的情感、爭執、相處點滴，都是很棒的題材，但我一直找不著一個契機，一直到寫了《鬼道少女》。

大家應該看得出來，第一集關於網遊的劇情並不算很多，但第二集後半段卻大幅增加了網遊的競技部分。是的，我終於找到一個最適合寫這種團隊情感的地方，葉千秋與她的夥伴們，在虛假的網路遊戲中，卻找到了最眞實的情感。

他們是隊友，也是夥伴，更是彼此全心信賴的存在。

我對這種情感非常嚮往，因此在第二集裡終於確認了整系列的走向，也決定了第三集的最終結局。

這種時候我都會忽然覺得非常感激，生活中的遭遇、過去的經歷，終於在我的作品中開花結果。

我一直很想念那支青澀的隊伍，也很開心我終於寫出了電子競技的橋段。

我不能夠劇透，但分離，是爲了再相見。

我們下一集再見。

我再說他們的故事給你聽。

逢時

國家圖書館出版品預行編目資料

鬼道少女．2，純情怪醫的條件／逢時著. -- 初版.
-- 臺北市；城邦原創出版：家庭傳媒城邦分公司
發行, 民 104.08
面；公分

ISBN 978-986-92128-0-9（平裝）

857.7 104015400

鬼道少女 02 純情怪醫的條件

作　　者／逢時
企 畫 選 書／楊馥蔓
責 任 編 輯／陳思涵

行 銷 業 務／林政杰
總　編　輯／楊馥蔓
總　經　理／伍文翠
發　行　人／何飛鵬
法 律 顧 問／台英國際商務法律事務所　羅明通律師
出　　版／城邦原創股份有限公司
台北市中山區民生東路二段 149 號 6 樓 A 室
電話：(02) 2509-5506　傳真：(02) 2500-1933
E-mail：service@popo.tw
發　　行／英屬蓋曼群島商家庭傳媒股份有限公司城邦分公司
聯絡地址：台北市中山區民生東路二段 141 號 11 樓
書虫客服服務專線：(02) 25007718．(02) 25007719
24小時傳真服務：(02) 25001990．(02) 25001991
服務時間：週一至週五09:30-12:00．13:30-17:00
郵撥帳號：19863813　戶名：書虫股份有限公司
讀者服務信箱 email：service@readingclub.com.tw
城邦讀書花園網址：www.cite.com.tw
香港發行所／城邦（香港）出版集團有限公司
地址：香港灣仔駱克道 193 號東超商業中心 1 樓
email：hkcite@biznetvigator.com
電話：(852)25086231　傳真：(852) 25789337
馬新發行所／城邦（馬新）出版集團 Cité(M)Sdn. Bhd.
41, Jalan Radin Anum, Bandar Baru Sri Petaling,
57000 Kuala Lumpur, Malaysia.
電話：(603) 90578822　傳真：(603) 90576622
email:cite@cite.com.my

封 面 插 畫／YinYin
封 面 設 計／蔡佩紋
印　　刷／城邦印書館股份有限公司
電 腦 排 版／陳瑜安
經　銷　商／高見文化行銷股份有限公司
客服專線：0800-055-365　傳真：(02)2668-9790

■ 2015 年（民 104）8月初版　Printed in Taiwan

定價 / 230元

ISBN 978-986-92128-0-9

POPO城邦原創 www.popo.tw　城邦讀書花園 www.cite.com.tw

本書如有缺頁、倒裝，請來信至service@popo.tw，會有專人協助換書事宜，謝謝！